Paule Constant

La fille
du Gobernator

Gallimard

Paule Constant vit à Aix-en-Provence. Elle est professeur de littérature française, romancière et essayiste. Elle a déjà publié plusieurs romans, dont *White Spirit* (Folio n° 2364), Grand Prix du Roman de l'Académie française en 1990, et *Confidence pour confidence*, prix Goncourt 1998.

1

Le premier souvenir de la fille du Gouverneur du bagne de Cayenne — en tant que fille de Gobernator —, car elle avait déjà autant de souvenirs que peut en avoir une petite fille de sept ans, se fixe exactement sur la passerelle de transbordement qui reliait de nuit, en plein océan, le grand transatlantique à la barge du bagne de Cayenne. Les boues déversées par l'Amazone interdisaient aux paquebots de s'approcher de la côte. Ils débarquaient quelques passagers dans un petit bateau à fond plat qui, à la limite des eaux profondes, affrontait des vagues énormes.

Avant, il y avait des images qui filaient comme les nuages qui se font et se défont sous le souffle du vent dans des formes que l'on croit reconnaître et que le temps d'un battement de cils on ne retrouve plus. Avant, il y avait les morceaux incohérents d'une histoire que l'on pense avoir vécue et dont on vous persuade qu'elle n'a pas existé. Avant, il n'y avait eu dans sa tête que des rêves endormis qui s'étiraient en gémissant et qu'elle ne retenait pas, des douceurs acides qui inondaient sa bouche et qu'elle recrachait avec la salive, des tristesses noyées qu'elle écrasait en fermant les yeux.

Mais au moment où Chrétienne mit le pied sur l'échelle faite de cordes tressées et de lattes de bois, à l'instant où elle saisit fortement — comme on le lui avait recommandé — la corde épaisse, dure et ébarbée qui servait de rampe, s'enclencha le processus irréversible de la mémoire. Elle commença à tout enregistrer avec une intensité dramatique qui ne laissait la place à rien d'autre, pas même au développement du corps dont on remarqua qu'il ne se fit plus normalement, s'anémiant et se rabougrissant, jusqu'à devenir, lorsqu'elle quitta le bagne, plus menu, plus maigre et surtout plus petit qu'à l'arrivée. Sous l'hypertrophie de la mémoire, on constata que l'intelligence, à la façon du corps, avait aussi cessé de se développer ; quant aux sentiments, ils étaient restés à l'état rudimentaire de l'expression d'un cœur sec quoique exalté.

Proliférant à la vitesse d'une plante carnivore, la mémoire lui dévorait la tête, provoquant ces douleurs violentes qu'éprouvent les enfants hydrocéphales. Tout ce qu'elle voyait, tout ce qu'elle entendait envahissait sa tête comme une marée qui détruisait son entendement et submergeait ses sens. La peur y marquait à vif, sans ordre ni raison, des détails monstrueux, des couleurs excessives et des sons discordants.

La mémoire devenait folle. Elle allait de plus en plus vite, de plus en plus profond, de plus en plus loin, charriant comme l'Amazone les eaux de tous les fleuves, les boues de tous les pays, la pluie de tous les nuages. Elle emportait dans son courant tumultueux des arbres arrachés, des bœufs vivants, des poissons aveugles, des bateaux fracassés, des îles habitées par des pêcheurs endormis qui dérivaient. Comme l'Amazone, elle ne savait pas d'où elle venait, où elle allait, prise dans son propre flot, conçue pour n'être qu'elle-même, pour combler tout l'espace, pour occuper l'éternité que ne dérangeaient ni les sanglots des engoulevents, ni les meuglements d'un taureau aux pattes brisées, ni les rires des singes roux.

Au milieu de l'échelle, Chrétienne hésita. Le paquebot creusait dans l'océan un vide vertigineux qui aspirait. Pour bien faire, il aurait fallu descendre à reculons sans regarder, mais le Gouverneur du bagne de Cayenne, qui s'était engagé le premier, avait pris l'échelle de face, pour sauter dans la barge en quelques foulées. Maintenant qu'il levait les yeux sur elle, elle ne pouvait faire autrement. Le roulement des sifflets des marins qui saluait la descente du Gobernator précipitait une progression qui aurait dû être plus prudente vers la barge écrasée dans la mer. Elle aurait voulu courir pour échapper au bruit déchirant qui dominait le heurt sourd de la houle, les craquements de la barge. Dans le rougeoiement des lampes à huile, des centaines de bras levaient vers elle la paume pâle de leurs mains livides qui l'appelaient comme des flammes.

Chrétienne avançait malgré elle. Elle allait de planche en planche, accrochée à la corde, appliquée dans une extrême tension à éviter les trous. Les fentes de l'échelle, plus larges que les lattes, laissaient apparaître à fleur d'eau la ronde énervée des requins suiveurs qui avaient pris le paquebot en chasse bien avant les mers chaudes et qui, sous les projecteurs, montraient en se retournant leurs ventres blancs dans la transparence des vagues.

Juste au-dessus d'elle, elle voyait les chaussures de sa mère qui se déplaçaient avec assurance, enjambant le vide. C'étaient de grandes chaussures blanches comme en portent les infirmières, des chaussures épaisses et confortables pour aller vite et sans bruit sur le carreau d'un hôpital. N'eût été la mémoire absolue de la petite fille sur ce point, d'autant plus exacte qu'elle venait d'éclore dans l'éblouissement même de ces chaussures, il peut paraître étrange que la femme du Gouverneur ait abordé le bagne en chaussures d'infirmière, à moins qu'elle ne les ait mises, à la façon de souliers de montagne, que pour effectuer le périlleux transbordement. Mais comme elle portait aussi son uniforme, voile et cape bleue nouée en croix sur le long tablier blanc, elle annonçait dans ce costume quasi religieux qu'elle ne mettait pas pour rien le pied dans l'autre monde.

14

Enfin on les saisit, on les porta, on les déposa puis on retira l'échelle, on largua les amarres. La barge eut du mal à se décoller du paquebot, le courant l'entraînait sous la coque. Il y eut quelques minutes d'un combat brutal et confus, puis les moteurs emballés, les gaffes tendues, les rames manœuvrées avec la plus grande vigueur, la barge s'arracha du ventre du bateau.

Dans la nuit noire, le paquebot resta planté dans l'océan comme une tour brillante qui empêchait que l'on vît rien d'autre, ni même le Gouverneur et les autorités qui portaient leurs tenues de cérémonie, blanches à galons dorés, sur lesquelles les premières lueurs d'une aube qui se leva très vite s'accrochèrent, rendant sur l'eau boueuse, presque visqueuse maintenant qu'ils approchaient de la côte, la barge aussi féerique que si elle transportait, venu d'on ne sait quelle étoile, un chargement de lumière.

2

Sur le grand bateau, il ne s'était rien passé. Les passagers de la première classe s'ennuyaient. Entre le jeu de palets, à la poupe, et le golf miniature, à la proue, une femme promenait un chien blanc, un caniche de sexe féminin répondant au prénom de Brigitte et qui n'aimait pas les enfants. Cela tombait bien car à part la fille du Gouverneur du bagne de Cayenne, sur le pont des premières, il n'y avait pas d'enfants ; ils étaient rassemblés en seconde classe avec des parents plus jeunes, aux grades moins élevés, aux prérogatives moins étendues, aux carrières moins prometteuses.

Brigitte, moteur usé, mécanique fourbue, se laissait traîner au bout de sa longue laisse rouge, lâchant derrière elle une étroite fuite d'urine jaune que les mousses lavaient à grande eau en jetant des insultes en espagnol. Dès le premier dîner, à la table du Commandant du bord, le Colonel de V., qui regagnait son poste d'attaché militaire à Montevideo, se leva et déboutonna son pantalon pour montrer aux dames que ses armes étaient brodées sur son caleçon.

Le Gouverneur du bagne de Cayenne, que la présence de Brigitte qui lapait sa nourriture dans l'assiette de sa maîtresse, et celle du Colonel de V., d'une grossièreté de soudard, indisposaient profondément, demanda que ses repas lui fussent servis dans sa cabine par son ordonnance. Cette retraite soulagea la table d'honneur qui put donner libre cours à sa curiosité. Qui est-il ? D'où vient-il ? Que fait-il ? s'interrogèrent-ils, subodorant quelque agent secret d'un parti ennemi, socialiste ou juif, donc antimilitariste. Tout clochait dans cette famille, le père, la mère, la fille, l'état, l'âge, la fonction... Le Commandant leur révéla, sous le masque terrible, un héros de la guerre, un surnom célèbre, une réputation fameuse. Une baïonnette avait traversé son visage, lui laissant, de part et d'autre d'une épaisse cicatrice, cette image décalée, ces traits qui ne s'ajustaient plus.

— Le boucher d'Ypres ! s'exclama le Colonel de V.

Du coup l'ambiance se détendit. C'est, déclara la femme au petit chien, qu'il est difficile de manger à côté d'une gueule cassée. On a beau se dire qu'ils ont remporté des victoires et gagné la guerre, ils vous coupent l'appétit. Et elle installa Brigitte à la place du Gobernator.

Chrétienne, qui avait compris que le voyage serait moins morne qu'il ne s'annonçait au départ et que le drame libératoire avait fait un premier éclat, restait mine de rien dans le sillage de Brigitte, dont elle suivait la trace huileuse, supputant à la couleur de plus en plus foncée qu'elle finirait par se tarir, et dans les parages du Colonel de V. dont elle espérait bien qu'il allait baisser pour de bon son pantalon. À l'adresse de sa femme, son interlocutrice privilégiée, sa traductrice universelle, le Gouverneur demanda pourquoi leur fille s'obstinait à béer devant les pitreries d'un colonel et les cochonneries d'un caniche ?

À la première escale, c'est-à-dire aux premiers palmiers, lorsque le bleu se fixa dans le ciel et que le soleil s'accrocha définitivement au-dessus du bateau, le Gouverneur, comme il fallait s'y attendre, refusa de descendre sous prétexte qu'il n'était pas là pour la promenade. Sa femme le rejoignit dans sa cabine, son éventail dans la main droite, son chapelet dans la gauche. Elle priait et s'éventait alternativement. La prière lui donnait des bouffées de chaleur. Chrétienne dut se contenter d'observer, depuis le pont, l'épanchement des voyageurs de seconde et de troisième classe qui marchandaient, au bas de la passerelle, des bananes dont les noms obscènes les enchantaient, de petites vanneries et des colifichets dont elle ne pouvait, d'où elle était, deviner la nature.

La femme au petit chien, qui n'avait pas non plus profité de l'escale pour faire pisser Brigitte sur la terre ferme, se faisait monter dans un panier, au bout d'une corde, des broderies dont elle ponctuait la vive progression par des exclamations ravies : « C'est fait main ! », « C'est pour rien ! » que la fille du Gouverneur rapporta illico à ses parents comme le déclic qui les forcerait à lever le siège.

Le charme de l'expression, si irrésistible quelques instants plus tôt dans la bouche de la maman de Brigitte, s'évanouit dès la porte de la cabine devant le Gouverneur qui étreignait son coupe-papier comme un poignard, l'ordonnance qui enlevait un plateau et la femme du Gouverneur qui balançait spasmodiquement son éventail à la hauteur de son nez. Le « C'est fait main » les plongea tous et surtout l'ordonnance, qui était la caisse de résonance des sentiments du Gouverneur, dans une gêne pleine de réprobation. Le « C'est pour rien » mourut sur ses lèvres alors qu'elle amorçait une marche arrière destinée à éviter, s'il en était encore temps, le piège dans lequel elle s'était fourrée, à disparaître avant que ne tombât la sanction de rester là, avec eux. Le Gouverneur se lança dans un commentaire dont elle n'entendit, au bout de la coursive, que les derniers mots : « ... atroce petite bonne femme ! » Elle ne savait pas s'ils s'adressaient à la propriétaire de Brigitte ou à elle-même, mais elle sentit que ce n'était bon ni pour l'une ni pour l'autre et qu'il ne faudrait pas qu'on les retrouvât ensemble. Pourtant c'est vers elle qu'irrésistiblement elle retourna.

Au soleil, il lui sembla que l'œil droit de la

chienne avait soudain viré au bleu, avec dans sa trouble transparence un effet gélatineux qui piqua sa curiosité. Elle s'accroupit pour mieux l'examiner, ce qui agaça la propriétaire qui lui ordonna de cesser immédiatement ce manège. La chienne était borgne comme son père avait la gueule cassée, voilà tout. Elle allait perdre la vue, il n'était pas besoin d'insister car les chiens ont par rapport aux humains une intuition très forte des sentiments qu'ils provoquent et Brigitte pouvait en concevoir une tristesse qui accentuerait encore le dysfonctionnement de ses reins.

— ROGNONS, murmura Chrétienne pour ne pas perdre la face. Elle les voyait comme ces dahlias sombres en bouton dont il faut forcer les pétales recroquevillés pour atteindre le cœur, et puis à voix haute, par défi ; ROGNONS ROUGES ET PIPI JAUNE. Elle se demandait, en s'éloignant tout de même, si lorsque Brigitte perdrait son œil, il roulerait par terre comme une bille et s'il y avait des chances qu'elle le récupérât coincé entre les planches de la coursive.

Sur le pont de bâbord, le Colonel de V. lançait des piécettes à des négrillons aussi brillants et noirs que de la réglisse dont ils avaient l'aspect élastique et dont on devinait le goût sucré et anisé. Elle en aurait bien croqué un morceau, une main, un pied ; la tête en dernier après avoir longuement sucé le ventre.

— Tu ne saurais pas faire comme eux, lui dit le Colonel en jetant une pièce.

Oh! non, elle n'aurait jamais pu le faire, ni sauter si loin, ni plonger si profond, ni ramener entre les dents la pièce, ni se battre après pour voler, ni avaler la pièce en s'échappant.

— Tiens, regarde!

La main fermée, le Colonel mimait le geste de lancer avec les esquives enjouées d'un maître qui leurre son chien mais il gardait la pièce dans sa paume et les gamins plongeaient dans tous les sens, s'essoufflant à rattraper une pièce fantôme que, comble de malheur, ils croyaient avoir perdue

— Ah! disait le Colonel, en jouant magnifiquement de la formule, on n'a rien pour rien!

Et la fille du Gobernator assistait au spectacle avec la curiosité angoissée des enfants qui, au cirque, espèrent que le dompteur se fera manger et que l'équilibriste, surtout s'il marche sans fil, tombera. Elle attendait la catastrophe, le requin.

— Il paraît que c'est REQUINEUX, dit-elle au Colonel de V. qui suspendant son geste la regarda avec un intérêt amical et presque admiratif.

— Tu veux essayer? lui demanda-t-il en lui tendant une pièce sans préciser toutefois la nature de l'essai.

Elle accepta avec enthousiasme, tentant d'envoyer la pièce aussi loin qu'elle pouvait en direction du large pour faire sortir les mendiants de l'ombre protectrice du bateau. Malheureusement, elle n'eut pas la force suffisante pour servir son sanglant projet et la pièce rebondit sur un pont inférieur où un enfant de fonctionnaire s'en empara pour la mettre dans sa tirelire. Pourtant c'est le bras haut levé en direction d'une troupe d'enfants faméliques que sa mère, qui avait décidé de sévir au « C'est fait main », la surprit, comprenant qu'elle était passée au degré supérieur de l'incorrection. Il fallait qu'elle comprît, lui dit-elle en la ramenant vers la cabine où elle allait être consignée, qu'on ne devait pas traiter ainsi des êtres humains, qu'on ne lançait à des hommes et à plus forte raison des enfants ni pain, ni bonbons, ni pièces, NI QUOI QUE CE SOIT...

Chrétienne se laissa punir sans protester pour l'apparence d'un geste qu'elle savait bien plus grave. La porte fermée, elle entendit la voix courroucée et lasse de son père qui lui demandait ce qu'elle choisirait entre la vie d'un Chinois anonyme parmi les millions de Chinois qui surpeuplaient la Chine et son bonheur.

— Mon bonheur, répondit-elle avec d'autant plus de spontanéité qu'aucune allusion n'était faite à la présence des requins sous le paquebot ni à la façon dont mourrait le Chinois.

Et puis comme elle n'entendait plus rien dans la cabine à côté, où se trouvait son père, elle demanda :

— Un bébé ou un très vieux Chinois malade ?

Et comme c'était toujours le silence :

— Un très grand ou un petit bonheur ?

3

Le bateau avait filé pendant la nuit. Chrétienne avait vaguement senti le sourd bruissement des machines dont le cœur se remettait à battre, le lent ébranlement de la carcasse qui craque et le bercement de la houle du large. Elle se réveilla en haute mer, l'eau et le ciel se partageaient le hublot, plus sombre plus clair, tout sombre tout clair, comme sur une balançoire.

— C'est le Chinois que je préfère, lança-t-elle vers la cloison du Gouverneur en guise d'allégeance et de salutations matinales, voulant montrer qu'un nouveau jour était arrivé emportant les querelles de la veille.

Et puis qu'avait-elle à perdre ?

Ce fut sa mère qui lui répondit en sortant du cabinet de toilette.

— Es-tu sincère ?

— Le bonheur, c'est pas la vie, riposta Chrétienne.

— Mais ce qui est promis est promis, répliqua

sa mère, un vœu est un vœu. Et à compter de ce jour tu prends en charge ton Chinois.

— Je ne le connais pas.

— Il aura l'aspect, la couleur et la forme de tes pensées, il grandira avec tes sacrifices. Tu comprends?

Elle avait revêtu sa tenue d'infirmière et avait retrouvé la belle détermination que la lenteur du voyage avait manqué faire chavirer derrière son éventail. Elle finissait de placer son voile avec ce geste net de l'ongle du pouce pour décoller le pli empesé qui sciait son front juste au-dessus des sourcils. Elle fouillait d'une main rapide dans sa sacoche pour voir si sa boîte à seringues ne s'était pas ouverte.

— Où allez-vous? lui demanda Chrétienne, inquiète qu'un départ aussi précipité ne la condamnât à rester encore dans la cabine, prolongeant inutilement la consigne.

— Tu le vois bien, soigner des blessés, répondit la femme du Gouverneur en cherchant de l'ouate.

— Qui est blessé ? continua l'enfant, mesurant à la quantité d'ouate et de compresses que sa mère enfournait dans son sac que la blessure était énorme.

— Des bagnards, dit sobrement la mère en tournant les talons.

Pensant que le bagne était à Cayenne, Chrétienne ne comprenait pas pourquoi des bagnards, blessés de surcroît, auraient fait irruption sur le paquebot, sinon pour assouvir le désir

24

que sa mère avait de curer, de sonder, d'aseptiser ou de panser.

L'ordonnance qui venait plier les affaires du Gouverneur sortit de son devoir de réserve et laissa filtrer quelques renseignements d'où il ressortait qu'au moment où le bateau allait lever l'ancre, le consul, ou quelqu'un comme ça, avait amené une dizaine de bagnards évadés que la prison ne voulait plus garder et demandé qu'ils soient reconduits à Cayenne. Le Commandant avait refusé de les embarquer sous prétexte qu'il n'y avait à bord ni prisons ni gardiens, mais le Gouverneur avait réclamé de les prendre sous son autorité. Il avait même proposé de transformer sa propre cabine en cellule. Finalement les forçats étaient montés, on leur avait trouvé un endroit près des machines où ils voyageaient enchaînés. Ils étaient tous malades, avec deux moribonds, résultat du régime carcéral couronnant une dérive de plus d'un mois sur un radeau où ils avaient laissé la peau au soleil, les membres aux requins et les dents au scorbut.

L'approche de la côte se signala par un énervement général qui fut calmé sur le pont par des arrosages d'eau de mer et dans la cale par deux ou trois bouffées de vapeur. D'un côté on rafraîchissait les ivresses tropicales, de l'autre on achevait de brûler les corps calcinés. Mais la fille du Gouverneur, toujours consignée, ne participa ni à la joie d'en haut ni à la détresse d'en bas, manquant de plus les deux événements qu'elle pressentait en son for intérieur, la mort de Brigitte d'une crise d'urémie et le strip-tease du Colonel de V. qui, déguisé en Poséidon, le trident à la main, exhiba ses armes secrètes dont on put constater qu'elles étaient comtales.

Deux brûlés, une agonie de plusieurs heures que la femme du Gouverneur veilla seule au fond de la cale avec plus de prières que de remèdes. Deux cadavres qui réduisirent en cendres l'âme du Gouverneur, qui ne put lui aussi que prier, et le petit corps de Brigitte raide sur un coussin de velours. Tout le monde pleurait, sauf les secondes et les troisièmes classes, prises en sandwich entre tous ces malheurs, qui imaginaient encore qu'ils faisaient une croisière. Mise hors jeu, injustement écartée des immersions, la fille du Gouverneur, qui lançait un regard suppliant sur la porte fermée, eut la certitude d'échapper à la double histoire qui se déroulait sur le paquebot.

— Hommes et chien, c'est du pareil au même, de la CHAIR À REQUINS !

Le colonel de V. n'était point dupe des raisons de l'absence du Gouverneur à la table officielle, le mal de mer qui perdurait par une mer d'huile aurait alerté une personne moins perspicace. Il est même à parier que son propre exhibitionnisme cachait des agissements occultes et que son euphorie expansive et permanente recouvrait des activités secrètes, comme l'espionnage dont on ne s'était pas tout à fait départi après la guerre et dont la proximité des territoires qui avaient accueilli le capitaine Dreyfus réveillait la nécessité.

La personnalité ombrageuse du Gouverneur du bagne de Cayenne, alliée à une inexpérience manifeste dans le domaine pénitentiaire et à une prise de position pour le moins fantaisiste sur la situation des bagnards à bord du paquebot, intriguait. Interrogé, le Commandant du navire dit tout ce qu'il savait et d'abord que le Gobernator était le seul survivant de tout son bataillon, qu'il était resté de longs mois entre la vie et la mort, la tête serrée dans un bandage que l'on n'osait retirer. Il avait épousé son infirmière, une demoiselle plus toute jeune mais une âme admirable. Elle l'avait choisi entre tous car le plus atteint, le souhaitant même défiguré. Elle ne fut pas déçue. La blessure était terrible, les dégâts au cerveau considérables. Elle l'avait soigné avec un dévouement sans bornes. Elle lui avait rappris à marcher et à parler, à lire et à écrire. Tout le temps où il resta aveugle, sourd et muet, naviguant en eau trouble aux limites de la mort, elle lui lisait la Bible, les Psaumes. C'est peu dire qu'il se réveilla converti, il était devenu Dieu le Père. Mais comme c'est elle qui l'avait fait ainsi, elle était la Mère de Dieu.

Et là le Commandant, qui se passionnait à rendre l'histoire le plus romanesque possible, devenait indiscret. Il révéla des détails intimes comme celui de la promesse que le couple se fit de concevoir un enfant pour donner sa chance à l'espérance puis de prononcer des vœux de

pauvreté, d'humilité et de chasteté et de se consa-
crer au service des pauvres d'entre les pauvres,
les plus démunis, les plus méprisés. Voilà sept
ans que Chrétienne était venue au monde.

Avec un prénom pareil, la pauvre gamine
n'est pas fauchée, se disait le Colonel de V. en
apercevant sur le pont arrière la fille du Gouverneur, enfin libérée. Qu'importe, elle allait
dans un pays où l'on abandonne noms et pré-
noms, où seuls les surnoms comptent. Et les surnoms, ils en avaient, montés du bas. Les troisièmes et les secondes chantaient déjà « le
Gobernator, la Mère de Dieu et la Miss », sur
l'air du *Roi, la Reine et le p'tit Prince*.
   Il chercha des précisions.
   — Tu t'intéresses toujours aux requins ?
   Et profitant de sa confusion :
   — Tu sais qui est ton père ?
   Elle ne s'en était jamais préoccupée. Incapable de répondre. Incapable aussi de suivre
dans les beaux costumes que l'ordonnance
dépliait pour les aérer le fil d'une carrière. Avec
ses vestes bleues et ses pantalons rouges, ses
guêtres blanches, ses queues-de-pie noires, ses
jaquettes rayées, avec ses chapeaux mous, ses
hauts-de-forme, ses claques, ses casquettes et ses
képis, la malle de son père ressemblait à celle
d'un illusionniste.
   — Ma mère est infirmière, répondit-elle.
   — Ça, je m'en serais douté, répondit le Colonel avec une ironie blessante.

Elle ne savait pas, et puis qu'y pouvait-elle ? Sa mémoire ne s'était pas encore développée, tout restait mou et flou, oui et non selon les questions, oui ou non sans que cela fît beaucoup de différence. Et maintenant qu'elle faisait un effort pour répondre au Colonel, un très léger mal de crâne venu de la nuque lui cernait l'œil droit. Le sang battait dans sa tempe. Elle y porta la main.

— C'est la réverbération, dit le Colonel qui entendait poursuivre son interrogatoire. Ce sont vraiment tes parents ?

Mettant le doute où doute il y avait. Quel enfant de sept ans n'est pas enclin à croire que ses parents ne sont pas LES VRAIS ? Le Colonel lui dessinait soudain une biographie dramatique qui expliquait bien des troubles qu'elle éprouvait, des tristesses qu'elle retenait depuis qu'elle avait été injustement consignée. Elle ne pouvait cependant nier certaines réalités, la grande guerre pendant laquelle ses parents s'étaient rencontrés, l'après-guerre où elle avait été conçue, période à laquelle il suffisait, par simple addition de son âge, de retrouver la date de leur voyage. En deuil soudain d'une jeune mère futile qui l'eût séparée de la vieille infirmière harassée, d'un jeune père aimable qui eût calmé les emportements du Gouverneur. Une vie sans malheur ni rigueur, où l'on aurait d'abord pensé à soi avant de servir les autres. Une existence à l'air libre sans retenue ni punition. Une récréation où l'on aurait joué avant de prier.

Elle était reconnaissante au Colonel de lui avoir fourni des raisons de comprendre son malheur.

— Je ne suis pas leur fille, dit-elle en détournant son regard du visage du Colonel qui la scrutait.

Elle fouillait des yeux le tumulte de l'étrave pour y repérer les requins suiveurs qui faisaient les poubelles du bateau, et se laissait envahir par une honte corrosive qui, jointe à la crainte que son mensonge ne fût découvert, l'accablait d'une sorte d'indignité. Elle était dans l'état d'esprit des déportés qui abordent Cayenne, trouvant justifiée à l'approche du bagne leur condamnation. Elle se sentait coupable. Elle baissait les yeux. Elle remarqua les guêtres blanc crème du Colonel de V. qui épaississaient ses chevilles et rendaient ses pieds chaussés de vernis noirs ridiculement étroits. Elle se demandait si les boutons de guêtre étaient faits en boules de chapelet et si, lorsqu'il marchait, il agitait de petites prières.

4

Depuis la barge, le ciel se fondait avec la mer dans un embrassement sans fin de boue et de nuages secoués par des vagues qui jaillissaient vers le ciel. Ils plongeaient dans l'eau, tourbillonnaient en proie au vertige du commencement lorsque les éléments de la création n'en ont pas fini de se séparer, hésitant sur leur devenir, incertains d'eux-mêmes, portant une mémoire de pluie, un destin de brume. À cet endroit du monde, dans l'étalement immense de l'Amazone, dans le magma du ciel et de la terre charriés dans un même et énorme courant, sourds dans le fracas des eaux au commandement qui ordonnait la séparation, le Gouverneur, la tête droite et le regard fixe, était dans la barge comme l'aiguille d'une boussole.

Au fur et à mesure que l'innommable avançait, il se persuadait qu'il n'était pas l'objet d'une illusion. Maintenant que s'affirmait la certitude qu'il en serait toujours ainsi, devant cette terre sombre prise entre la boue du ciel qui sans cesse dégorge et la boue de la mer qui n'en finit pas de se solidifier, son visage se détendait. Il se disait qu'il était le Gobernator de la vague profonde, celle qui fouille la vase de l'humanité pour la projeter dans le ciel ; il avançait sur la boue, il progressait dans la fange mais il allait vers les étoiles.

Il rêvait à la dernière vague qu'il avait conduite au feu, au flot bleu continu des tuniques qui jaillissait des tranchées, au ruissellement du sang rouge où les casoars blancs flottaient comme de l'écume. C'était une vague d'innocence où la jeunesse, le courage, la vertu avaient péri. Par trois fois il avait commandé l'attaque. Il était sorti le dernier, avançant sur les corps chauds qui recouvraient les corps froids, le dernier à tomber comme s'il avait voulu protéger, de ses bras en croix, tous ces hommes qu'il avait menés à la mort. La baïonnette qui avait tranché son visage et ouvert son crâne l'avait réveillé au milieu du désastre. Si Dieu a refusé mon sacrifice, disait-il le cœur serré, c'est qu'il me destinait à la boue.

Chrétienne se trouvait installée à l'arrière de la barge sur un banc de bois, au milieu des bagages. Avec le jour, elle découvrit qu'elle n'y était point seule, assise près d'une sorte de gnome de la taille d'une grosse potiche dont il avait l'aspect lisse, rond et ramassé. Sur d'étroites épaules fuyantes, des bras courts et des mains pointues s'écrasait une tête énorme, fendue comme au rasoir d'une oreille à l'autre par un immense sourire lippu mais plein de bonté. La fille du Gouverneur, malgré l'appréhension qui l'avait tout d'abord saisie, tenta une timide approche et dit sur le ton cérémonieux qu'elle prenait avec les gens qui lui faisaient peur, les mutilés de guerre, les blessés qui traînent dans les hôpitaux avec une jambe ou un bras en moins, les très vieilles personnes que l'on promène dans de petites voitures recouvertes de toile cirée et d'une façon générale avec tous les malades que l'on trouve à Lourdes où sa mère allait tous les ans :

— Bonjour… Bonjour, Monsieur.

Sûre et certaine que cet être disgracié, il fallait en convenir monstrueux, aurait de la reconnaissance à se voir ainsi poliment traité. Insensible aux salutations de Chrétienne, il gardait ce long sourire immobile qui éclairait, sous ses lourdes paupières à demi baissées, d'immenses yeux dorés.

— Bonjour, bonjour, répétait Chrétienne qui s'était rapprochée et contemplait son nouvel ami avec une admiration curieuse et effrayée, surtout pour sa peau qui était sous son apparence gélatineuse ornée de tatouages d'une efflorescence bleutée.

La créature meugla, avec un bruit aussi vaste, aussi profond, aussi guttural, aussi sonore que celui d'une vache qui appelle son veau.

— Qu'est-ce que c'est? interrogea la femme du Gouverneur en se relevant brusquement de la civière auprès de laquelle elle était agenouillée.

Et apercevant sa fille avec le plus énorme, le plus gigantesque, le plus obèse des crapauds dont elle n'avait jamais imaginé qu'il en existât dans le pire des cauchemars, elle mit sa main sur sa bouche et, perdant toute contenance, s'exclama :

— Seigneur Jésus!

Le monstre était le génie de la barge du bagne de Cayenne, le petit dieu qui évitait qu'elle ne fût prise dans les remous, le doux guide de l'Amazone, la sirène ensorcelante des bagnards, la corne de brume de l'océan, le repoussoir des requins, le compagnon de ceux qui se taisent, le père et le fils de la rivière.

— C'est mon ami charmant, dit Chrétienne les narguant tous, prenant sa mère de court sur le chapitre de l'amour aux défavorisés, sur la compassion que l'on doit avoir pour ceux qui sont différents, sur l'égalité des êtres dans le cœur de Dieu, sur Mon Semblable, Mon Frère. Plus Tu Es Laid Plus Je T'Aime. Plus Tu Pues Plus Je Te Respire. Ta Défiguration Est Exquise À Mes Yeux.

Élisant le crapaud, le voulant d'amour et d'amitié, réclamant qu'on le lui mît sur les genoux, gros poupon baveux qu'il était, prête à lui faire des risettes, désirant lui donner le biberon, ouvrant son cœur privé de chats et de chiens, d'oiseaux et de poissons. Hurlant au fond de la barge sa prière frénétique :

— Seigneur, Donnez-Moi Un Crapaud Pour Ami. Seigneur, Si J'avais Un Crapaud, Je Ne Serais Plus Seule. Je Saurais Qui Aimer.

Accroupie soudain devant le crapaud pour lui ressembler, les mains au sol, sautant sur ses jambes repliées, lui montrant qu'elle pouvait le faire et aussi baver avec de grosses bulles et meugler comme une vache, tout en sachant qu'elle allait trop loin, qu'il se serait aussi bien contenté d'un petit baiser, d'une brève caresse. Elle comprenait qu'elle dépassait l'amour qu'elle éprouvait, qu'elle y mettait de la colère, qu'elle donnait le spectacle d'une révolte qu'elle ne pouvait plus maîtriser, implorant que l'on fît quelque chose, car au point où elle en était, elle finirait enlacée au crapaud, sa bouche dévorée par la sienne et ils tomberaient comme un rocher au fond de la mer.

— Qu'est-ce qu'ELLE a ? demanda le Gouverneur, violemment irrité.

— Elle s'exalte, répliqua sa femme.

Un bagnard — qu'ils sont donc gentils, se dit la Mère de Dieu — s'approcha de l'enfant, la ramassa et, essuyant son front couvert de sueur, lui expliqua que ce crapaud était âgé et sacré, accoutumé à vivre sur le bateau, dressé depuis de longues années donc endurci comme un vieux marin. Mais on lui en trouverait un autre, un petit, un nourrisson à bavette bleue, avec un bonnet comme en portent les bébés. Elle hochait la tête, incapable tant sa gorge éraillée par la prière lui faisait mal de prononcer un mot. Heureuse de se taire, participant du fond du cœur au grand silence revenu.

5

Le plus surprenant de Cayenne est qu'il n'y avait rien à en dire, impression désolante que confirmèrent au Gouverneur et à la Mère de Dieu, qui rêvaient d'aventures épiques et de tragédies mystiques, les personnalités locales qui les accueillirent. Elles les assuraient qu'on vivait ici comme partout ailleurs, leur désignant les mêmes édifices publics, les mêmes monuments aux morts, les mêmes écoles. Au fond de leur accablement, cette banalité finit par les alerter. L'insistance que mettaient les gens à leur montrer l'hôpital ou l'usine d'électricité leur prouvait que l'ordinaire, voire le nécessaire étaient ici extraordinaires. Réussir à implanter une petite ville exhumée d'on ne sait quelle province sur une terre étrangère et violente qui refusait tout signe de civilisation tenait du prodige. Il fallait lutter pied à pied contre la jungle, la brousse, le marais, arracher l'herbe dans le salon, pourchasser les charognards dans le poulailler, défendre aux serpents les lits, disputer les provisions du garde-manger à l'ivresse des fourmis rouges.

La femme du Haut-Commissaire, personnalité agissante du cru, les pilotait à travers la ville. Animée de cette bonne volonté enthousiaste des gens qui s'adaptent partout parce qu'ils ne voient rien, elle mettait tous ses efforts à les convaincre qu'ils étaient ici en Bretagne.

— Ça ne vous évoque pas la Bretagne? demandait-elle mutine, en attendant confirmation. Et ici, ajoutait-elle aussitôt, en leur montrant sur la mer sale et laide un gros nuage noir et gris, n'est-ce pas tout à fait la Bretagne?

Ils avaient beau ouvrir les yeux, non, rien ne leur rappelait la Bretagne et ils se taisaient, laissant la bonne femme à ses illusions bleues et lumineuses pendant qu'ils plongeaient dans un cauchemar étouffant et humide.

Mais à peine renonçaient-ils à l'exotisme comme à une tentation facile, que ceux du parti inverse, nostalgiques et amers, se déclaraient. Ils parlaient du climat oppressant, des pluies continuelles, de la terre gorgée d'eau qui reflue, de la moisissure qui mange la pierre et dévore la peau. Ils leur prédisaient que pris dans une suite de jours infâmes où la pluie mêlée au soleil dans une réverbération grise, les étoiles et la lune avalées par les nuages, ils n'auraient d'heure qu'à la montre et ne distingueraient bientôt plus les dimanches qu'à la cloche. Ils oublieraient le nom des saisons et perdraient le compte des années. Ils feraient connaissance avec l'éternité.

Les fonctionnaires de Cayenne mettaient tous leurs soins à décrire les vices secrets de leur existence difficile. Ils choisissaient le repas où ils les avaient conviés pour dévoiler les petites horreurs de la vie quotidienne. Prenant à témoin le plat posé sur la table, ils révélaient que ce qu'ils étaient en train de manger n'était pas du lapin comme ils auraient pu le croire au vu d'une viande blanchâtre nageant dans une sauce claire, mais du rat, et après un petit silence destiné à laisser passer la surprise, enfin de l'agouti.

— Ce n'est donc pas du rat, dit la Mère de Dieu à l'adresse de Chrétienne qui avait posé sa fourchette.

Au café, les messieurs se séparèrent des dames pour passer au fumoir. Entre elles, elles redoublaient de critiques et la Mère de Dieu qui n'avait pas ôté son uniforme ressemblait à la gardienne d'un goûter de petites filles ou à la surveillante d'une troupe de folles. Elles en voulaient surtout à leurs domestiques qu'elles recrutaient dans la population des relégués, les bagnards qui après avoir accompli leur peine étaient tenus de la redoubler dans la misérable semi-liberté de Cayenne. Ils devenaient sous le nom de « garçons de famille » la pauvre denrée d'un nouveau marché d'esclaves. Elles étaient obsédées par eux, leurs histoires étaient les leurs, ils étaient devenus toute leur vie.

— Il n'y a pas à être effrayée, dit une dame en scrutant le visage tendu de la femme du Gouverneur. S'ils étaient paresseux — ah ça oui ! —

ils étaient d'une honnêteté au-dessus de tout soupçon.

— Surtout les criminels, précisa l'une d'entre elles avec gourmandise. N'employez jamais de voleurs, seulement des criminels, et avisant Chrétienne qui se tenait à l'écart, ils sont très doux avec les enfants.

En se passant le sucre en poudre que l'humidité collait et que, selon la recette bien connue sous les tropiques, on tentait d'assécher avec des grains de riz, elles faisaient étalage des crimes de leur domesticité, s'en paraient avec des rires de coquettes.

— Avec les passionnels vous ne risquez rien. Moi, je me méfie des insoumis, ceux qui ont refusé le feu. Le Gouverneur sera d'accord avec moi. Des lâches qui peuvent toujours se retourner contre vous. Avant d'engager, je me fais apporter le dossier…

— Et les lépreux? demanda la Mère de Dieu.

Un froid passa.

Chrétienne observa que les morceaux de viande qu'elle avait jetés un peu plus tôt sous la table faisaient une timide apparition sous l'ourlet de la nappe, hésitaient un court moment comme s'ils mesuraient le terrain, puis s'élançaient à fond de train, zigzaguant entre les pieds des dames vers la porte qui donnait sur une véranda où de grosses fleurs molles et blanches répandaient du lait. Un morceau de viande se mit à grimper sur le mur pour se fixer au plafond et se balancer juste au-dessus de leurs têtes.

La Mère de Dieu remarqua que Chrétienne avait de grands cernes sous les yeux. Elle lui saisit la main qu'elle pressa dans la sienne pour lui dire de patienter. Il n'y en aurait plus pour longtemps. Et elle sortit rejoindre son mari qui écoutait les recommandations du Haut-Commissaire. Croyant qu'en livrant ses réflexions, il intéressait prodigieusement le Gouverneur, il continuait son topo :

— « ... Je me garderai bien, n'ayant pas votre compétence, de porter le moindre jugement sur le fonctionnement de nos administrations pénitentiaires, mais, soit dit en passant, il est navrant de constater qu'avec notre mode de répression, le bagnard, cet être qui a déjà lésé la collectivité au temps fâcheux de sa liberté, continue, même déporté, à être à la charge de la nation. Un déporté — pourquoi ne pas l'appeler plutôt un... pensionné? — coûte, le fait est notoire, plusieurs francs par jour à la métropole. Or, à la Guyane, ils sont six mille déportés... »

— Je viens, dit le Gouverneur à l'adresse de sa femme.

Mais le bonhomme ne le lâchait pas. Il le suivait dans l'entrée où le Gouverneur avait rejoint un groupe d'officiels qui l'attendaient pour le conduire au Bagne.

— « ... Je voulais seulement vous mettre en garde contre la fauve, brutale et sinistre mentalité de cette race de réprouvés dont la révolte, toujours incessante et indomptée, ne se courbe que sous le regard inexorable et l'attitude résolue du surveillant. Je fonde les plus grands espoirs sur la nomination du héros d'Ypres comme fédérateur des bagnes de Guyane au poste suprême de Gobernator... »

— Veuillez m'excuser, dit le Gouverneur en tournant les talons.

ENFIN VOUS VOILÀ, dit le Gouverneur en pénétrant dans la cour du bagne. Devant les centaines de proscrits au garde-à-vous, vêtus de tenues blanc et rouge marquées sur la poitrine d'un numéro noir, il se sentait devant une armée défaite et ensanglantée ou un grand couvent de réprouvés. Les âmes mortes, se dit le Gouverneur, puis se reprenant, les âmes vivantes de mes soldats morts.

Pendant *La Marseillaise*, l'image du purgatoire s'imposa. Elle expliquait ces douleurs vivantes, ces remords continus, ces afflictions permanentes dans la suite interminable des jours. Nous laisserons là nos crimes, nos fautes, nos erreurs et nos péchés, se disait le Gouverneur, nous les abandonnerons sur cette terre, dans cette boue et nous irons vers la joie. Pilote d'un immense bateau qu'il n'avait pas su conduire, il saurait gouverner celui-ci. Ô morts, appareillons !

Mais c'était l'enfer et il n'y aurait pas de rédemption. Le bagne puait d'une tristesse oppressante, d'une douleur surie, d'une humiliation âcre qui viciait l'air. Tant de souffrance était passée par là, tant d'injustice et de malheur avaient stagné entre les murs. Tant d'hommes qui n'avaient été que des hommes avaient foulé ce sol pour en faire une terre battue, tant de mains déformées par le travail avaient moulé les briques des baraquements rouges. Tant de fièvre, tant de maladies, tant de sommeil dont on ne revenait pas. Tant d'amitiés trahies pour un quignon de pain, tant de femmes aimées et déjà oubliées, tant d'enfants orphelins. Tant de jeunesse asséchée, tant de muscles fondus, tant de poitrines creuses, tant de bouches édentées, tant de regards vides. Du fond des culs-de-basse-fosse, personne n'entendrait l'ordre de l'attaque et cette fois, le Gobernator le savait, personne ne sortirait des tranchées, personne ne se ferait tuer pour lui, ils étaient tous morts ailleurs, pour autre chose. Alors il se découvrirait seul, et courrait vers la mitraille. Mille balles dans la peau.

Selon l'usage les cadeaux de bienvenue affluèrent, des noix de coco sculptées, des tableaux en ailes de papillon qui retraçaient le chemin de croix du bagnard : la corvée de bois, le cachot, le jugement, la condamnation, la guillotine, la sépulture dans le ventre du requin. Pour la Mère de Dieu, une cravache de balata, cette gomme très dure que l'on cueille dans la forêt, dont le pommeau et le fouet étaient ornés d'incrustations d'or et d'ébène. Elle n'en avait jamais vu d'aussi belle. Elle l'étreignit des deux mains avec une aisance remarquable, la plia, la relâcha, la faisant siffler devant elle dans un geste conquérant qui enchanta tout le monde mais dont subitement elle eut honte à en rougir.

En plus d'un service de table de poupée de soixante-dix pièces toutes confectionnées dans des boîtes de conserve, Chrétienne reçut un couple de crapauds-buffles dans une cage d'herbe verte. Ils étaient bien plus petits que celui de la barge, à peine de la taille d'un ballon de football, mais l'intention était si délicate que son cœur fondit de reconnaissance. Lord Jim, le mâle, avait un pantalon de zouave et à la bouche une cigarette allumée dont il tirait de profondes bouffées. Priscilla, la femelle, portait autour de ses poignets étroits et dodus de minces bracelets argentés et aux oreilles de longues pendeloques qui tintinnabulaient au moindre mouvement; pour la pudeur on lui avait taillé une robe dans un vieux brocart. Priscilla était une poupée vivante d'une féminité folle et précieuse, impossible et extravagante, une marionnette miraculeusement animée.

Chrétienne, très absorbée par la cigarette de Lord Jim, qui en se consumant risquait de le brûler — mais il s'en accommoda très bien, l'éteignit avec un peu de bave grésillante et avala le mégot —, ne prêta nulle attention aux cadeaux destinés à son père. Malgré elle, sa mémoire enregistra quatre têtes humaines enfermées dans des bocaux pleins d'alcool, image si rapide qu'elle la rejeta comme trop fantastique pour en revenir à Lord Jim et à Priscilla qui, épousant ses vœux secrets de vie, d'animalité et de beauté, en formaient une qui l'était bien peu.

Le palais du Gouverneur, immense bâtiment colonial, ne comportait qu'un seul appartement que d'énormes entrepôts élevaient à la hauteur d'un troisième étage. Il dominait d'un côté le bagne ou du moins ce que dans Cayenne on appelait le dépôt avec ses ateliers, son infirmerie et ses établissements administratifs, et de l'autre plongeait sur l'océan. Il tenait de la caserne abandonnée ou du sanatorium vidé par la mort. Avec ses vérandas de bois qui couraient autour des pièces, il évoquait pour l'extérieur un navire jaillissant de l'eau avec sa cale, ses ponts et ses coursives et pour l'intérieur une cathédrale avec ses niches et ses chapelles. Pour favoriser la circulation de l'air, il n'y avait ni portes ni volets, mais des trouées, des béances, des vides creusés dans des murs blancs; on passait ainsi d'une pièce à l'autre, traversant des murs qui s'ouvraient sur un corridor qui s'enroulait autour du bâtiment.

L'administration avait installé une table de vingt-quatre couverts et vingt-quatre chaises d'un bois sombre et massif dans ce qui devait servir de salle à manger et trente fauteuils lourds et carrés dans ce qui ne pouvait être que le salon. Pour le reste, en plein milieu de pièces colossales, il n'y avait qu'un lit de fer et sa moustiquaire qui rappelait irrésistiblement l'hôpital pour contagieux. Dans leurs chambres, le Gobernator et sa femme avaient reçu en prime une table et une chaise que l'un baptisa bureau, l'autre coiffeuse, y disposant, comme on prend possession, ici une règle de fer, un coupe-papier de cristal, là un poudrier, un peigne d'ivoire et une boîte contenant des comprimés d'opium. Ils ne désiraient plus qu'éteindre les lumières de leurs lampes tempête.

— Je veux dormir avec Lord Jim et la petite Priscilla, dit Chrétienne en cherchant à tâtons le lit sous la moustiquaire.

L'ordonnance lui apporta la cage qu'elle posa au pied de son lit, puis se ravisant, près d'elle, du côté droit où elle avait l'habitude de dormir.

— Où on a mis les têtes? demanda-t-elle, se rappelant brusquement.

— Quelles têtes? interrogea la Mère de Dieu qui avait gagné son lit dans la pièce voisine.

— Les têtes de papa.

— Il n'y a pas de têtes, dit la mère.

Mais en fermant les yeux, la fille du Gouverneur voyait distinctement quatre têtes avec les yeux mi-clos sur leurs globes blancs, des lèvres rétractées sur de longues dents noires, un air de souffrance intense, des lunettes d'acier.

— Pas de têtes! C'étaient des têtes!

Dans la nuit, Lord Jim beugla si fort qu'on se serait cru sur l'Amazone.

6

Prise dans les brumes d'un rêve délicieux, Chrétienne se redressa sur un coude pour chercher ses crapauds à travers la moustiquaire, spectacle attendrissant qui la replongerait dans des limbes succulents dont elle s'arracherait de temps à autre, l'œil à demi clos pour se persuader qu'à l'image de Lord Jim et de Priscilla tendrement enlacés tout était décidément bonheur, paix et harmonie en ce monde — tant pis pour le Chinois. Elle mesurait la gratitude qu'elle devait à ses parents, qui contre tous les conseils et les avis négatifs avaient décidé de l'amener avec eux. Mais ne les voyant pas, elle se réveilla brusquement et arracha la moustiquaire. Il fallait se rendre à l'évidence : Lord Jim et Priscilla n'étaient plus là.

Elle sentit aussitôt l'ampleur du drame et fut saisie d'une détresse dont l'intensité ne peut trouver d'exemple que dans celle de la mère devant le berceau vide. Elle éclata en sanglots, découragée à l'idée d'avoir à rebâtir l'état d'extase dans lequel elle flottait depuis qu'on lui avait offert le couple de crapauds. Ramenée soudain à la réalité d'une chambre immense et vide d'un bâtiment inconnu sur une terre hostile, où rien ne ressemblait à rien. Recroquevillée sur son lit qui était son seul repère, elle les appelait à voix basse pour ne pas réveiller sa mère. Sachant qu'elle n'avait aucun allié au monde, seule et désolée, le visage écrasé sur son oreiller pour contenir ses larmes, étouffer ses sanglots :

— Ma petite Priscilla !

Debout depuis l'aube, ses parents avaient eux aussi la tête des mauvais jours. La première fatigue épongée, ils avaient, chacun de leur côté, ressassé toute la nuit. Ils n'avaient pas TOUT quitté pour TOUT retrouver, avec le concours d'élégance automobile et le tournoi de tennis EN PRIME. Chrétienne les rejoignit à cet instant où, accablé par la réalité d'un enfer si raisonnable, chacun mesurait à sa propre déception ce que devait être celle de l'autre et se consolait comme il pouvait en s'apprêtant à une résistance définitive.

On voyait sur le visage du Gobernator que la douleur n'était pas partie avec la guérison mais qu'enfouie dans les recoins du corps, au tréfonds de l'âme, elle tirait sur les cicatrices rouges. La douleur courait à fleur de peau, elle bougeait sourdement dans la chair qu'elle faisait trembler et décomposait le visage mutilé en autant de morceaux qu'on en avait rassemblés, menaçant de les voir s'écarter les uns des autres comme des continents.

Il regardait la mer et ne reconnaissait rien. Il se rappelait : l'île du Diable, l'île au Trésor, l'île du Serpent… Debout, dans son dos, la main sur son épaule, le guidant encore, la Mère de Dieu le reprenait doucement. Elle lui désignait : l'île du Père, l'île de la Mère, l'île de l'Enfant perdu. Elle lui répétait le nom de ses bagnes : Sainte-Marie, Saint-Laurent, Saint-Louis, Saint-Augustin, Saint-Philippe, Saint-Maurice.

— L'île aux lépreux, lui dit-il pour lui rendre la politesse.

Il la baisa au front.

Leur sort dépendait d'un espace qui rétrécissait sans cesse. Plus de continents, plus d'océan, des îles de prière, des îles de salut, des îles de silence, de plus en plus petites, de plus en plus inaccessibles, des rochers à l'écart du monde.

— On m'a volé Lord Jim et Priscilla, déclara Chrétienne en prenant place à la table du petit déjeuner.

— On ne te les a pas VOLÉS, riposta sa mère. Ils sont PARTIS. Ce sont des animaux qui n'aiment pas vivre en captivité. Il leur faut la forêt, le fleuve…

— Ils ne pouvaient pas PARTIR avec leur cage, déclara froidement la petite fille.

— Ils l'auront ouverte avec leurs dents…

— Ils n'ont pas de dents, affirma l'enfant.

— Bien sûr que si, répliqua la mère.

— Ils n'ont pas de dents, martelait la petite fille en haussant le ton, juste une langue longue comme ça, et elle montrait son avant-bras.

— Est-ce qu'on est obligé de parler à table de la langue des crapauds? interrompit le Gouverneur en regardant sa fille d'un air dégoûté.

— N'empêche, continua la petite fille, même s'ils ont ouvert leur cage, je ne vois pas pourquoi ils l'auraient emportée avec eux.

— Mais voilà qu'ELLE ergote! s'exclama le Gouverneur.

— Qu'est-ce que tu insinues? interrogea la Mère de Dieu en se tournant vers elle et en plongeant dans ses yeux le beau regard qui inspirait une telle confiance. Est-ce que tu penses que c'est moi, avec l'horreur que ces bêtes m'inspirent, qui serais allée les libérer? Ou bien ton père…, et là elle affectait de rire.

— Pas vous, répondit Chrétienne, mais lui.

L'index pointé, elle désignait l'ordonnance qui se tenait derrière la chaise de son père, prêt à lui remplir sa tasse.

— Ni lui ni personne, affirma la Mère de Dieu. Est-ce que tu me CROIS?

— Oui, répondit à contrecœur la petite fille, en ajoutant aussitôt pour les prendre au piège de leur bonne foi:

— Vous m'en donnerez d'autres…

— Ah non! trancha le Gouverneur, montrant que le rapt des crapauds avait été un geste délibéré. Les crapauds, C'EST FINI.

Et s'adressant à sa femme:

— Est-ce qu'il faut absolument, avec ELLE, que ce soit toujours le pire, qu'ELLE ne soit fascinée que par les monstres, qu'ELLE ne fasse aucune différence entre le beau et le laid, qu'ELLE ne s'intéresse jamais aux fleurs, aux oiseaux. À son âge, mes sœurs jouaient à la poupée.

La dernière boule de neige d'un monde révolu roula sur la nappe et les seringas derrière la volière fleurirent pour saluer leur dernier printemps.

— C'était Priscilla, ma poupée, déclara Chrétienne, sachant qu'elle n'avait que trop monopolisé l'attention.

— Faites-la taire, exigea le Gouverneur agacé. Il faut la reprendre en main, il faut la VISSER.

— Chrétienne, je t'en prie, ne t'exalte pas !

Maintenant qu'elle avait dépassé les bornes, c'était comme toujours, elle ne se retenait plus, insensible aux menaces, n'ayant que des plaintes à formuler, terriblement lésée, accumulant les griefs :

— Je vais rester toute seule.

...

— Je n'ai pas d'amis.

— Toujours cet instinct grégaire, gémit le Gouverneur en se levant de table.

— Tu n'as qu'à lire, dessiner, proposa la Mère de Dieu, qui cherchait jusqu'au bout la conciliation.

— Les caisses ne sont pas arrivées...

Ils arrêtèrent là la discussion, parlant entre

eux comme si elle n'existait pas, mettant au point les différents détails de la journée. Et comme ils descendaient l'escalier, elle se précipita sur la véranda et les défiant devant tout le bagne :

— Je vais les chercher mes crapauds, et je les trouverai.

— C'est ça, lui répondit sa mère avec son flegme habituel, ça t'occupera.

Elle les chercha d'abord au-dedans et ne trouva que l'ordonnance qui pliait en silence du linge repassé, époussetait une table immaculée et nettoyait des rasoirs et des blaireaux propres.

— Où tu les as mis ? demanda-t-elle, les poings sur les hanches.

— Mademoiselle Chrétienne, on vous a déjà interdit de me tutoyer, répondit l'ordonnance. Je vais être obligé de le dire à Monsieur le Gouverneur.

— Sale boche, répondit-elle au comble de la fureur (il était alsacien et détestait qu'on le traitât de boche), tu peux le répéter.

Il y avait un contrat tacite qui stipulait que dans les catégories inférieures des enfants et des domestiques, personne ne devait rapporter.

— Je vais lever une armée de crapauds qui t'égosillera avec de grands couteaux, sale cochon que tu es !

— Égorger, Mademoiselle, pas égosiller.

— Oui, mais moi je t'égosillerai et ce sera pire.

7

Devant le palais du Gouverneur, les bagnards avaient reconstitué le jardin public morne et solennel qui en France souhaite la bienvenue à la porte des gares des sous-préfectures. Ils s'étaient donné un mal de chien pour dessiner avec des fleurettes bleues sur une mousse d'un vert grisâtre : BAGNE DE CAYENNE. En poussant, la végétation avait submergé l'inscription, effaçant une lettre, en redoublant une autre. Ils n'étaient point sûrs que le tracé originel de Cayenne ait contenu les deux *n*, qui n'étaient peut-être, comme la queue du *y* dans un débordement de la nature, qu'une expansion orthographique. De chaque côté des allées tracées au cordeau, des pierres blanchies à la chaux délimitaient l'emplacement de grosses corbeilles de cannas empanachés de fleurs jaunes criblées de rouge qui donnaient l'impression qu'elles avaient été tachées de sang. Chrétienne l'exprima à haute voix avec ce langage qui traîne dans les cours de caserne et ces mots soigneusement choisis dans les salles de garde :

— Ça a pissé le sang par ici.

Surprise d'y trouver une nuance sifflante, elle répétait la phrase très vite en l'accentuant, ou au contraire très lentement en détachant les mots :

— ÇA A PISSÉ LE SANG PAR ICI.

Puis avisant un groupe de bagnards à la corvée qui coupaient l'herbe au sabre d'abattis sous la surveillance de deux gardes-chiourme, elle leur demanda si, par hasard, ils n'avaient pas trouvé des crapauds.

D'abord tout à l'étonnement de voir cette enfant qui allait seule dans le bagne, ils ne comprirent pas ce qu'elle disait, puis ce fut l'hilarité, comme une débandade dans leurs rangs. Elle apprit qu'il y en avait partout mais qu'elle n'en trouverait pas en plein jour dans un jardin si soigné, seulement à la tombée de la nuit, qui s'écrasaient, collés les uns aux autres dans l'ombre des fossés humides.

— Des gros ? demanda-t-elle.

— Des énormes, des géants, comme des melons, des pastèques, des citrouilles, et même des pataouasses.

Ils écartaient les bras pour en montrer le volume, ils mettaient la main au niveau de leur ventre pour en désigner la taille.

Un pataouasse, voilà ce que maintenant elle désirait, un pataouasse comme celui de la barge. Un pataouasse, un point c'est tout. Et tant pis pour Lord Jim et Priscilla. Et tant pis pour le chinetoque. Un pataouasse qu'elle retiendrait prisonnier dans une pièce du palais, qu'elle doucherait avec une vache à eau et qu'elle nourrirait avec du porridge.

Comme elle retournait chez elle, non sans avoir une fois encore prononcé devant les cannas, ÇA A PISSÉ LE SANG PAR ICI, elle aperçut sur le toit du palais ces grands charognards d'Amérique du Sud qui se chauffaient au soleil. Elle resta songeuse, ne sachant si elle devait continuer ou se replier vers le groupe des bagnards qui l'observaient. On ne l'avait pas prévenue de leur existence, elle ne savait pas non plus s'ils étaient inoffensifs ou dangereux. Leur taille de gros dindons était impressionnante. Avec leur bec acéré et leurs pattes énormes, leur tête chauve et croûteuse, ils dépassaient en laideur tout ce qu'on peut imaginer.

— Ah, dit-elle en fonçant sur eux pour les faire détaler — elle obtint quelques battements d'aile —, ils sont beaux les oiseaux de papa, elles sont belles ses fleurs.

Et elle mimait le ton que le Gouverneur avait pris pour lui reprocher de ne point s'intéresser aux fleurs et aux oiseaux. Il l'avait vexée et la vexation sortait de tout son corps au milieu du jardin. Prenant à témoin les bagnards qui la regardaient toujours, elle se dandinait les bras ouverts, imitant la gaucherie des vautours qui se bousculaient l'un l'autre pour se faire de la place sur un bout de corniche. Elle leur criait avec le ton furibard qu'elle prenait avec l'ordonnance : Vous êtes beaux, les petits chéris de papa !

Chrétienne se mit à fureter vers les entrepôts, espérant dénicher Lord Jim et Priscilla marris et reconnaissants ou à défaut un superbe pataouasse. Près d'une porte à demi murée, elle trouva une anfractuosité assez large pour la laisser passer à condition qu'elle se fît aussi plate qu'une limande, expression favorite de son père qui lui en avait révélé la connotation injurieuse. Elle s'en encouragea, PLATE COMME UNE LIMANDE, pour d'abord y mettre les pieds, puis se laisser glisser en s'agrippant à la paroi granuleuse, si bien que sa robe lui remonta jusqu'aux yeux.

Elle trouva un gigantesque bric-à-brac rempli d'objets réformés, des lits rouillés, des armoires de fer tordues, des fichiers éventrés, des fauteuils démantibulés, des caisses de tout genre qui pourrissaient ici en attendant que le ventre de la maison les eût digérés. Et puis, elle les reconnut, posées sur une table, aussi distinctement que si elle avait fermé les yeux.

Les quatre têtes étaient là dans leurs bocaux, les unes à côté des autres, comme les serpents formolés exhibés à la devanture d'une pharmacie pour qu'on puisse bien les détailler dans toutes les étapes de leur blafarde et lente dissolution. Elles tournaient vers l'enfant leurs yeux vides, leurs bouches ouvertes sur un cri. Des étiquettes collées sur chaque bocal précisaient qu'elles représentaient les quatre races humaines : la jaune aux yeux plissés, la noire semblable à un boulet de canon, la rouge comme un pot de terre cuite et, la plus affreuse, la blanche avec son crâne chauve et sa barbe noire qui avait continué à pousser.

Ses membres ne répondaient pas. Une onde glacée la paralysait, la fichant dans le sol à un mètre des têtes, l'obligeant à un terrible face-à-face. Et puis quand le sang revint un peu dans ses veines, et qu'elle put à reculons atteindre la fissure par laquelle elle avait pénétré, elle se rendit compte qu'elle ne pouvait plus sortir. Ce fut une panique atroce, une succession de mouvements désordonnés, qui la précipitant vers l'ouverture l'empêchaient de s'y hisser. Elle se racla le ventre, s'écorcha le genou et perdit une chaussure qui glissa derrière un tas de chaises. Et toujours les têtes la regardaient.

Les meubles étaient trop lourds pour qu'elle pût les pousser jusqu'à l'anfractuosité. En aurait-elle eu la force qu'elle ne l'aurait pas pu, obligée de fixer les têtes, de les dompter du regard, de les hypnotiser pour leur imposer de rester immobiles. Alors elle se mit à gémir mais sourdement de peur de tirer les têtes de leur apparent sommeil. Maintenant qu'elles ne bronchaient pas, un cri aigu lui déchira la gorge. Et puis un autre et un autre jusqu'à l'extinction de la voix.

C'est alors qu'elle aperçut la porte qui se trouvait au fond de l'entrepôt, juste derrière les têtes. Pour s'enfuir, il fallait qu'elle les contournât et pour cela qu'elle s'approchât d'elles jusqu'à les toucher tant l'espace qu'il y avait entre la table qui les portait et les meubles entassés était exigu. Elle était obsédée par le tout petit morceau de vide où il faudrait se glisser. Et miracle, elle put fermer les yeux. Elle s'élança. Elle bouscula de l'épaule le bocal le plus proche. Elle entendit le choc du verre qui se brisait. En courant vers la porte, elle se persuadait que la tête libérée prenait, comme la veille la viande sous la table, une terrifiante autonomie, et roulait sur le sol, prête à mordre, à dévorer, à avaler par la section de son cou, tenaillée par une faim sans estomac, par une faim insatiable. Dehors, elle resta un moment le dos collé à la porte. Rien ne bougeait, alors la peur se desserra et la douleur envahit sa tête.

— C'est un coup de chaleur, décida la Mère de Dieu. Un petit coup de bambou, ajouta-t-elle pour la dérider, et comme l'enfant se plaignait, elle lui dit sévèrement : — Arrête, les enfants n'ont jamais mal au crâne.

Et Chrétienne, qui avait mille raisons de ne plus la croire, mesura au battement du sang dans sa tête qu'elle mentait encore.

8

Le déballage des caisses commençait. La Mère de Dieu voyait sortir sa vaisselle en morceaux sans montrer la moindre mauvaise humeur. Cette catastrophe domestique semblait au contraire la réjouir. Devant un verre écrasé, un saladier en miettes, elle disait :

— Et un de moins !

Et prenant sa fille à témoin :

— C'est toujours cela que nous n'aurons plus à traîner.

Elle était persuadée que dans son voyage humain, l'homme doit non seulement ne pas amasser mais se dépouiller. Jusqu'au jour où, délestée par ses renoncements successifs, son âme, se dégageant de sa dernière matérialité, l'enveloppe charnelle, monterait au ciel par un procédé aussi simple que celui qui permet la séparation entre les corps solides et les corps gazeux.

Et d'abord partager ce que l'on possède. Engager un nombre considérable de bagnards pour les sauver de la misère de la relégation, leur donner enfin leur chance. Au bureau de placement, elle avait arrêté le Corse qui lui promettait la crème de la crème.

— Donnez-moi tous ceux dont on n'a pas voulu.

Le Corse avait fait un geste large comme le monde.

— Les pires, avait-elle ajouté.

Le Corse rabattit de sa superbe, c'était comme Madame la Chef voulait, il disposait de quelques perpettes avec de longs casiers, la guillotine au ras du cou, de l'espoir pour le fond du trou.

Elle ne recrutait pas, elle adoptait. Les misérables faisaient autour d'elle une famille immense. Il y a de l'espace, n'est-ce pas ? disait-elle en désignant l'énorme palais vide comme s'il était destiné à se remplir de bagnards. Et désignant un colosse qui s'acharnait sur une caisse dont il tordait les clous :

— Voici Saint-Jean, c'est lui qui conduira l'équipe.

Le mot domestique lui aurait brûlé la bouche. Et à l'adresse de Saint-Jean que le mot équipe aurait pu tout de même blesser quoiqu'il ait été soigneusement choisi pour sa connotation égalitaire et dynamique : ma FINE ÉQUIPE.

Mais avisant que sa fille, dont il fallait freiner l'enthousiasme pour ces choses si banales de la vie dont elle se faisait toujours une fête, sa fille, qui aurait dû manifester sa joie à l'annonce du recrutement de Saint-Jean, restait le pouce dans la bouche, la tête inclinée sur l'épaule, toute molle et atone dans son coin, elle se mit en demeure de la REGONFLER en lui annonçant les dispositions qui la concernaient. Le service à liqueur était irrécupérable. Saluons l'efficacité des déménageurs.

— À partir d'aujourd'hui, je ne m'occuperai plus de toi.

Et présentant un bagnard qui mettait plus de frénésie que les autres à fureter dans la vaisselle ébréchée :

— C'est Planchon qui se chargera de toi.

Trop occupé à fouiller parmi la paille et le verre brisé, il ne leva même pas la tête.

Ainsi, c'en était décidé, elle serait un peu plus seule. Larguées les amarres des derniers gestes qui la retenaient à sa mère. Depuis que les caresses et les baisers avaient disparu par ce même procédé des cérémonies d'abandon qu'elle affectionnait tant — tu as perdu ta première dent, eh bien, désormais je ne te borderai plus ; c'est Noël, donc plus de baisers de bébé ; à Pâques, tu apprendras à faire ton lit... —, il ne restait plus que les soins du corps, perpétrés de façon plus médicale que sensuelle, avec une friction à l'alcool en guise d'eau de toilette. Il restait encore et malgré elle le brossage, le démêlage puis le tressage des cheveux dont le fin cordage serré avait tout d'un lien du cœur.

Elle lui mettait la tête contre elle, le visage tourné vers son ventre et lui brossait les cheveux. C'était un long moment d'odeur et de tiédeur, de rêve et de sommeil dont Chrétienne sortait, lorsqu'elle la retournait pour la démêler, les yeux gonflés. Elle traçait une raie bien droite, s'y prenant à plusieurs fois, puis tressait si vivement que la peau du crâne semblait se décoller. L'enfant aimait la sensation que lui procuraient ses nattes dures que la Mère de Dieu repliait au sommet de la tête et qui lui donnaient l'impression de porter de petites cornes. Chaque matin, parce qu'elle la coiffait, sa mère la caressait et puis l'armait pour la journée.

— Mes nattes, protesta-t-elle.

— Tu te débrouilleras, répondit la Mère de Dieu comme elle s'y attendait.

— Je ne saurai pas, dit Chrétienne.

— On parie? répliqua sa mère sur un ton enjoué.

Elle avait en matière d'éducation l'opinion qu'il ne faut pas couver les enfants et, sur son papier à lettres bleu qui portait ses initiales, elle écrirait à sa famille la bonne nouvelle : « Nous l'élevons comme une vraie petite Guyanaise, d'ailleurs sa peau fonce déjà comme — et ne voulant pas écrire le mot négresse que cet enchaînement allait forcément introduire, elle corrigea — une peau d'INDIENNE. » Elle parlait aussi, nouveau choix difficile, pas précepteur, trop snob, d'un GUIDE qui suivrait Chrétienne, « la laissant librement découvrir la belle nature et l'y aidant par son savoir et ses compétences. Un ancien séminariste… ».

Et rappelant Planchon à sa fonction :

— N'est-ce pas, Planchon ?

Le bonhomme acquiesça, bien que son âme, son cœur, ses désirs, son ambition fussent retenus par l'armature en argent du service à liqueur dont il se demandait si elle rejoindrait dans la poubelle, par on ne sait quelle splendide gabegie, les morceaux de cristal, ou si au contraire la Mère de Dieu, plus avertie de la valeur de l'objet qu'elle ne le laissait paraître, le retiendrait in extremis pour un usage décoratif. Comme la Mère de Dieu balançait le précieux objet dans le rebut, il laissa éclater son enthousiasme :

— On va bien s'entendre tous les deux et puis, en écho à ce qu'avait dit la Mère de Dieu plus tôt, on va faire une sacrée équipe.

Dans le même temps, il avait fait disparaître la cave à liqueur.

Que son sort soit lié à un pareil individu n'inquiétait pas Chrétienne, loin de là. À la façon de ses parents, mais pour d'autres raisons, elle attendait beaucoup de la cohabitation avec les bagnards. Elle aimait les adultes, comme une espèce de grands animaux qu'elle jugeait dangereuse mais désirable. Son statut d'enfant lui interdisait d'en posséder un spécimen autrement que par une relation d'amour compliquée qui, enlevant à l'adulte ses défenses, le laissait inoffensif devant elle. L'amour qu'on lui portait n'avait jusqu'ici désarmé personne, ni son père qui la terrifiait, ni sa mère qui laissait entendre qu'elle n'était dupe de rien et surtout pas de ce chantage affectif si contraire à l'éducation des enfants. Se voir affecter un bagnard, un adulte de sexe masculin et d'un âge avancé — une femme, une jeune fille ou un adolescent n'auraient pas comblé la même attente — réalisait un souhait presque impossible à formuler. Posséder un esclave, car il serait à elle DE FORCE, réaliser avec un adulte cette relation de domination absolue qu'elle avait avec les bêtes, COMMANDER enfin l'enchantaient. Elle appréciait le type du regard, regrettant quand même qu'il eût un aspect si banal, comme si cela allait le rendre moins sauvage. Elle se demandait comment elle allait le marquer.

Il y avait quelques livres dans une caisse et, parmi eux, un album de contes illustré de vastes aquarelles qu'elle connaissait par cœur au point d'imiter en le feuilletant une lecture courante.

— Lis-moi ça, ordonna-t-elle à Planchon.

Il tenait le livre à l'envers entre ses mains épaisses et il avait de la difficulté à tourner les pages. À deux pas de la Mère de Dieu qui jetait à pleines brassées, elle comprit qu'il ne savait pas lire. À deux pas de la Mère de Dieu, l'ancien « séminariste » comprit que la gamine l'avait déjoué.

— On lira plus tard, déclara Chrétienne.

Elle le tenait.

9

La fine équipe se composa d'abord de quatre hommes, la garde rapprochée de Saint-Jean, trois individus patibulaires et une mauviette surnommée Sainte-Nitouche, mais elle devait bientôt en compter douze, la crème des relégués, des perpétuités condamnés pour l'éternité : DU NANAN, comme on disait là-bas, des criminels bien sûr, mais des PASSIONNELS, ce qui excuse tout, avec une majorité de C'EST LA FAUTE À LA SOCIÉTÉ qui avaient été durement punis pour ne pas être nés dans LA HAUTE, pour avoir rencontré MALCHANCE sur la route de MALHEUR, pour avoir la POISSE dans leur signe de MERDE.

Jamais la Mère de Dieu n'entendit autant décliner le mot innocence qu'au moment où elle les engagea, comme si en pénétrant dans le bagne, elle était tombée sur le dernier carré d'innocence du monde. Elle les croyait comme deux et deux font quatre et comme l'existence de Dieu en trois personnes… Pour la convaincre, ils lui confiaient leurs douloureux secrets, pas leurs crimes — ça non, comme elle le disait elle-même, ils avaient payé et largement —, mais le trouble de leurs âmes égarées.

Curieusement il n'y avait pas un bagnard qu'elle rencontrât qui n'ait eu affaire à l'Église ou à Dieu. Ils étaient passés par le petit ou le grand séminaire, ils avaient été missionnaires en Afrique ou curés de petites paroisses normandes. Pour preuve, ils exhibaient leurs tatouages. On y lisait en toutes lettres : Injustement Condamné Comme Notre Seigneur Jésus-Christ, avec les majuscules s'il vous plaît. Des croix géantes leur barraient la poitrine, parfois ouvertes au rasoir et dont la Mère de Dieu devait rapprocher les lèvres avant de les passer au mercurochrome. Ces beaux Croisés de la chair !

Elle n'y voyait pas de mal, mais au contraire une simple volonté divine, qui expliquait qu'elle fût là. Et lorsque Saint-Jean lui dit avec brutalité — gage d'une nature foncièrement honnête — qu'il comprendrait qu'elle refusât de cohabiter avec un prêtre défroqué, crime plus lourd à porter que les autres parce qu'il n'y a pas pour lui de rédemption, elle répondit qu'il était toujours prêtre. Et pendant qu'elle mesurait des yeux le volume du salon pour voir comment on pourrait y caser une chapelle — elle pensait à une messe quotidienne ordonnancée par Saint-Jean — elle lui demanda si elle devait l'appeler mon père.

— Saint-Jean suffira, répondit-il.

Alors commença l'ascendant qu'il prit sur toute la maisonnée, et la fine équipe fonctionna comme un seul homme avec une austérité de couvent, une rigueur de pénitencier, une discipline de corps d'élite. Elle tenait un réseau à qui rien ni personne n'échappait.

Tout à sa joie, Chrétienne entraîna Planchon dans le parc. D'abord elle courut vers la plate-bande, sauta de lettre en lettre écrasant au passage un des *n* de Cayenne. Puis elle s'élança vers un frangipanier et se suspendit à une branche basse qu'elle brisa. Enfin elle arracha une grosse poignée de fleurs de canna qu'elle flétrit dans ses mains. Il la regardait impavide. Elle eut un instant de doute, comme un léger vertige, et se demanda si c'était le même homme qui, quelques minutes plus tôt, tournait à l'envers les pages de son livre. Dans la réverbération violente de midi, les mains poisseuses, la respiration courte, elle baissa les yeux.

La victoire n'était pas aussi évidente qu'elle l'avait cru, le succès ne serait pas si facile. Son adulte n'était pas encore au pied. Il lui rendrait peut-être des services comme l'ordonnance en rendait à son père, mais il ne lui appartenait pas. Il y avait même quelque chose entre eux qu'elle ne saisissait pas bien, quelque chose de lugubre et de définitif, la sensation angoissante que la situation s'était renversée. On l'avait mise sous surveillance. Elle avait un garde-chiourme. Elle venait de perdre définitivement la liberté.

Lorsque après cette petite récréation où le ciel lui était tombé sur la tête il lui commanda de retourner au palais, la Mère de Dieu leur demanda :

— Alors vous avez fait connaissance ?

Dans la foulée, il réclama qu'on la mît dès le lendemain à l'institution Sainte-Marie qui rassemblait les filles de la bourgeoisie guyanaise. Comme la Mère de Dieu hésitait — ce n'était pas son projet —, il la convainquit et s'entremit pour tout, même pour lui trouver un uniforme dans l'après-midi.

L'uniforme, justement, la Mère de Dieu voulait leur en parler. Il n'était pas question qu'ils viennent travailler chez elle dans leur tenue de servage même recouverte d'un surplis blanc, mais dans des habits qu'ils auraient plaisir à porter...

— Une tenue militaire ? proposa Saint-Jean

— Et pensant qu'il avait poussé le bouchon un peu loin : — Genre sous-officier ?

— Pourquoi sous ? demanda la Mère de Dieu.

Alors leur prétention fut sans bornes. Ils n'avaient pas de pudeur. Ils se ficelèrent des galons tout le long des manches, tout autour du col qui rehaussait leur menton. On joua l'Armistice dans le palais du Gouverneur. Tout le jour, généraux, maréchaux et amiraux se croisaient dans des allées et venues dignes de la diplomatie militaire. Le soir, les décorations pendantes, ils s'affairaient auprès du Gobernator qui, lui, avait choisi de ne paraître qu'en blanc, dans un déguisement dont la simplicité, effaçant tous les signes de pouvoir, évoquait le bagne, les Indes et la chasuble. Le monde allait à l'envers et c'est dans ce sens qu'il voulait le voir tourner.

Chrétienne se fit tailler sa robe à l'intendance du bagne. Dans un baraquement une dizaine de bagnards tiraient d'une grosse toile grise qui sentait fort des marinières informes. On la mesura de la tête aux pieds avec une ficelle. Le tailleur-chef prit le tour de son cou et le montra à tout le monde. Il s'étonna qu'un cou si petit pût tenir une tête d'un poids normal, comme elle-même s'était souvent interrogée devant la taille si étroite de certaines fourmis que l'on croit que la bestiole est composée de deux parties autonomes qui se suivent en tandem.

L'attention portée à son cou dans le sombre magasin pénitentiaire n'avait pas le côté léger qu'elle avait rencontré ailleurs dans les boutiques de frivolités où on lui choisissait ses cols de dentelle. « Voyez au rayon baby. Bavoirs et bavettes. Premier âge. » Le cou ici, c'était la ligne de vie, et elle comprenait bien que la sienne ne tenait qu'à ce fil. Elle devait apprendre à rentrer la tête dans les épaules, à se voûter, faire le scarabée carré et bossu plutôt que la fourmi oblongue et déliée. Elle mit la main devant, par pudeur.

C'est alors qu'ils aperçurent ses oreilles qui étaient, comme le cou, d'une extrême petitesse et si parfaitement collées à son crâne que, tout d'abord, on ne les remarquait pas et que, les ayant découvertes, on ne voyait qu'elles. C'était bien la seule partie de sa personne dont on lui avait fait compliment. La Mère de Dieu rapportait qu'un bijoutier avait dit qu'il ne toucherait jamais à des oreilles pareilles même pour leur faire porter des diamants.

Ils devinrent fous de ces oreilles. Elle voyait bien que ce n'était pas comme le cou qui suscitait inquiétude ou pitié. L'admiration la brûlait, elle sentait que ses oreilles rougissaient comme deux flammes qui auraient dévoré son visage pâle. Le tailleur-chef sortit de sa poche un petit paquet dont le papier épais et gras était plié en quatre. Ils en examinèrent le contenu avec la même passion ardente. Il s'agissait de deux pépites d'or qui formaient deux magmas à peu près semblables, assez ternes, mais d'un poids certain. Elle ne vit pas d'abord le rapport qu'il y avait entre les deux pépites et ses deux oreilles. Et puis naturellement, elle comprit et cessa de protéger son cou pour plaquer ses mains contre ses oreilles dans ce geste que font les personnes qui vont hurler.

Pour être habillée, elle était habillée. C'est l'avantage du FAIT MAIN et d'un personnel abondant. Ils s'étaient tous mis à la tâche, tailladant et piquant en tous sens. Ils avaient épuisé la toile pour l'assouplir comme une peau de bête, la renforçant aux endroits sensibles. Ils avaient choisi la partie la plus blanche d'un sac de farine des grands moulins du Nord qui fournissaient le bagne. La marque qu'on avait dissimulée dans l'envers du tissu tatouait sa jupe blanche. Elle s'efforçait de la frotter pour en atténuer l'intensité. Ce serait désormais un tic car, chaque fois qu'elle porterait son uniforme, elle remonterait l'ourlet et, avec un geste de lavandière, elle frotterait à petits coups secs.

— Alors, tu viens, sac à viande ? lui dit Planchon comme elle traînait, les yeux sur sa jupe.

— Sac à farine d'accord, mais pas sac à viande.

Par orgueil, elle se rebiffait.

Il lui apprit que le sac à viande est un linceul. Ça lui coupa le sifflet.

10

— Je vois, dit le Gobernator, en saluant l'entrée de sa fille : ELLE a adopté la coupe Cayenne, façon île du Salut !

De l'index il appuyait sur sa lèvre à la base de sa cicatrice, de peur qu'elle ne se défît tout au long du visage sous l'étirement de son sourire. Chez le Gobernator, la joie était déchirante.

L'enfant avait un sac sur le dos, mais la Mère de Dieu n'y trouva rien à redire, au contraire, c'était pour elle une heureuse surprise. Elle était sensible à ce dédain que l'on doit avoir pour le paraître, elle trouvait élégant aussi qu'on ne fît pas de frais, que l'on entrât simplement dans le bagne en portant sa tenue. Sans histoire. Pas tout à fait, car Chrétienne se débattait dans sa robe.

— Enfin quoi ! Ce n'est pas une camisole de force ! Juste le tissu neuf qui se fera, les bretelles un peu serrées...

Les bretelles lui sciaient le dessous des bras, lui mettant, là où elle était si tendre, la chair à vif. Ce fut par le dessous des bras que les miasmes du bagne pénétrèrent en Chrétienne. Là, deux croissants rouges bourbouillèrent, cicatrisèrent ; s'ouvrirent, se refermèrent ; bourgeonnèrent, se fendirent. Et comme elle pleurait, sa mère en lui passant de la teinture d'iode lui disait, pour la consoler, que sur la croix, NSJC avait les bras disloqués aux endroits où justement elle souffrait. Et comme elle criait, car la teinture d'iode la brûlait jusqu'à l'os, la Mère de Dieu l'encourageait à voir dans ses plaies des stigmates.

Personne n'eut l'idée de lui échancrer sa robe. Surtout pas la Mère de Dieu qui était obsédée par la purulence et qui trouvait dans celle qui ne sèche pas une satisfaction secrète. Elle aimait moins guérir que soigner. Elle était comme ces panseuses de Lourdes qui maintiennent les plaies en bon état pour laisser sa chance au miracle. C'est au plus fort de la souffrance que le malade doit connaître la béatitude, c'est sur sa chaise roulante qu'il doit se lever, c'est sous les pansements fétides que ses plaies refermées témoignent du pouvoir glorieux du Ciel. Quand elle était brancardière, elle était de celles qui ne lavaient pas les malades, en désaccord avec ceux qui les préparaient, comme pour une fête, à la rencontre divine. Elle les voulait dans leur pus et leur sanie, les autres y mettaient de l'eau de rose.

À quinze ans, elle avait lu la vie de sainte Chrétienne qui, au XIIIe siècle, avait consacré son existence aux lépreux de La Chaise-Dieu. Au fil du temps, elle découvrait sur son corps les traces de la lèpre, comme des marques de l'amour divin. Quand son visage ne fut plus qu'une tête de lion et que ses lèvres tombèrent, elle sentit que Dieu lui avait donné un baiser d'amour brûlant et elle attendit que son corps tout entier se consumât dans la volupté de cette possession totale. Et lorsqu'elle finit sur le bûcher, elle connut l'extase. La Mère de Dieu voulut, comme sainte Chrétienne, soigner les lépreux. En annonçant à ses parents sa vocation, elle avait eu un raccourci saisissant :

— Je veux être lépreuse.

Ils ne s'émurent pas outre mesure car s'ils avaient déjà un fils prêtre qui faisait carrière à Rome, ils en avaient un autre, ermite, qui leur donnait du souci. Au bout de leur propriété qui était grande, il avait creusé un trou au fond duquel il vivait debout. On déposait près de lui des morceaux de pain. À son confesseur, la pauvre mère confiait que voyant au loin la tête de son fils qui sortait du trou, posée sur le sol comme une boule de croquet oubliée des étés durant et qui avait perdu sa couleur, elle doutait de Dieu, des voies de la sainteté.

— L'auriez-vous préféré, Madame, sur une colonne comme les stylites ?

— Je crois que oui, mon père, il y a dans la colonne plus de hauteur que dans le fond d'un trou.

Sur ce ton et dans ce contexte, la future lépreuse n'impressionna personne. On lui conseilla de faire d'abord ses classes d'infirmière, puis on l'engagea fermement à servir à Lourdes : l'Immaculée Conception était à la mode. Comme la jeune fille s'impatientait auprès de malades chroniques qui n'inspiraient pas le Ciel, la guerre éclata. Elle dut surseoir encore à sa destination, et de brancardière devenir ambulancière. On sait comment elle se maria. Elle eut même un enfant, ce qui est d'ordinaire le signe des passions rangées et du destin accepté. Trente ans plus tard son âme résonnait encore de cet appel si particulier : devenir lépreuse.

Cayenne avait semblé au nouveau couple le lieu idéal pour mettre à exécution leur double attirance pour le néant et le malheur, la réparation et la fustigation. Pour sa part, le Gobernator aurait été tenté par les déserts de glace, la neige à perte de vue, le ciel qui fond, et s'il avait été seul, il serait sans doute parti pour les îles Kerguelen, désolation des désolations. Elle lui fit remarquer que le climat était contraire aux microbes, que le froid y résorbait l'infection. Des ambiances chaudes et humides, des peaux nues, des nourritures débilitantes, un fond de désespoir moite, une angoisse diffuse permettaient à la lèpre ambiante de s'enraciner, puis de se propager.

Accoudée à la véranda, la Mère de Dieu cherchait des yeux sur les bâtiments du bagne autrefois blanchis à la chaux la mousse brune qui s'infiltrait dans les interstices, décollait la brique qu'elle réduisait à une boue rouge. Elle observait cette viscosité noire, épaisse, ce mucus gluant qui coulait le long des murs. Elle considérait le bagne qui pourrissait. Elle savait que la lèpre était là et elle respirait à grandes bouffées cet air humide qui la faisait tousser, retenant au fond de ses poumons la pestilence chaude comme une semence dont elle voulait infecter son corps.

Et comme elle désirait faire partager sa certitude joyeuse devant ce pressentiment terrible et ne trouvant derrière elle que sa fille qui larmoyait, les aisselles bloquées par deux gros paquets de coton, elle prit ce ton enjoué qui entraînait son monde. Attrapant Chrétienne par la coquetterie, elle lui proposa de compléter sa tenue par des chaussures de bagnard, dont la semelle était taillée dans la gomme d'un pneu. L'enfant retrouvait au fond d'elle-même un peu de joie à l'idée de laisser sur le sable des traces, comme les voitures, mais aussi beaucoup de défiance. Le sac de farine ne l'avait pas comblée autant qu'elle l'aurait cru, il était même la cause de ses sourdes souffrances. Elle mit son doigt dans la bouche.

La Mère de Dieu renchérit sur des robes d'organdi comme en portaient le dimanche les petites Guyanaises, légères et gaies comme des ballons. C'était prendre Chrétienne par les sentiments. Elle n'adorait rien plus au monde — on n'adore que Dieu! — que les baudruches. La dernière qu'elle avait possédée avait été achetée au moment du départ. Elle était énorme, tendue, violette, d'une tonicité, d'un dynamisme presque vivants. Elle s'était affaissée et ridée tout au long du voyage pour n'être plus qu'un vieux melon mou à la peau douce et fripée qu'elle serrait contre sa bouche comme un sein épuisé. Être changée en ballon par le truchement d'une robe vaporeuse gonflée de jupons, c'était par une autre voie retrouver le ciel.

— Jaune, décida-t-elle. Jaune ou verte…

Parce que sa mère était d'une humeur extraordinaire et d'une joie splendide, Chrétienne fut pour la messe du dimanche dans la cathédrale jaune, jaune comme une baudruche en plein ciel; jaune, comme une fleur de tournesol; jaune comme le soleil. Pendant toute la cérémonie, au milieu de toutes les petites filles roses, bleues, mauves et vertes, elle fut le cercle éclatant d'une auréole sainte, elle fut comme l'amour du monde irradiant du cœur sacré de Jésus, elle fut l'hostie dans son ostensoir d'or.

— Alors, dit le Gobernator hilare, en retenant sa cicatrice en haut ET en bas, ELLE suit la mode de Plougastel-Daoulas?

La robe retomba comme un ballon crevé.

11

Dans les cours de récréation comme dans les cours de prison ou de caserne, il n'y a pas trente-six mille sujets de conversation. C'est selon, le sexe, la nourriture ou la mort en proportions variables et souvent inattendues car il est parfois plus question de sexe à l'école qu'à la caserne. Ici, c'était tout cela à la fois, mais dans l'association que formait Chrétienne avec Planchon, SAC À VIANDE, la mort domina. Elle était au fond de tout ce que voulait savoir l'enfant et dans tout ce que savait l'homme. La mort leur fit passer de bons moments.

Car pour le reste, Chrétienne n'était pas encore très sexuée et la représentation qu'elle avait de son corps était proche de celle des poupées à découper dans du carton qui sont livrées « nues », c'est-à-dire vêtues d'une chemise blanche dessinée sur le corps qui efface tout ce qui existe entre le cou et les genoux. Ce qu'il y avait là-dessous ne se rappelait à l'existence que par des besoins si longtemps contenus qu'ils en devenaient douloureux. Elle n'aimait pas davantage ce qui dépassait de la chemise blanche, elle y voyait une série d'instruments plus ou moins utiles et enviait les mutilés de guerre qui avaient échangé un bras déficient contre un crochet d'acier. Quand elle examinait un crabe elle se demandait s'il n'était pas mieux équipé avec sa carapace, ses pinces et ses yeux mobiles, qu'elle-même avec cette chair tendre et cette peau très blanche qui se blessait tout le temps.

Quant à la curiosité qu'elle pouvait avoir pour le sexe opposé, elle était relative et proportionnelle à l'intérêt qu'elle portait à tout être vivant et à son fonctionnement, avec ceci en plus que rien qui fût vivant, absolument rien, ne la répugnait. À l'occasion, elle aurait bien examiné le bas-ventre de Planchon et y aurait porté la main avec le même intérêt impatient qu'elle avait montré pour la petite pieuvre dont elle avait tâté au fond d'un seau le sac gris et plissé. C'était tout mou mais elle s'était émerveillée de ce que les tentacules, brusquement érigés, étaient venus s'enrouler en y adhérant fortement tout autour de son bras. Après une expérience de ce genre, elle disait « C'est doux », « C'est froid », « Ça colle », « Ça bave ». Comme cette grosse limace rouge qu'elle avait saisie entre deux doigts ou cet escargot translucide qu'elle s'était collé sur les lèvres car il ressemblait à la bouche délicate et décolorée de sa mère. Et plus que le sexe d'un homme, c'est le serpent qui lui causerait la surprise la plus ardente, l'étonnement le plus fondamental, car enfin pouvait-elle s'attendre à ce que dans sa main, en s'allongeant, il fût tiède et sec, glissant sur des perles de couleur?

Non, avec Planchon, ce fut la mort tout de suite et sans détour. La mort l'inspirait, il en était le conteur désigné, le troubadour accompli. Chrétienne ne pouvait trouver mieux comme spécialiste des requins. Avec une vieille charogne au bout d'une corde, il les faisait sortir de l'eau. Il lui apprit à repérer la rapide incision de l'aileron dans l'eau, l'énervement de la chasse qui les multiplie dans une ronde écumeuse. Il lui mima l'attaque les yeux clos, sur le dos pour permettre à la mâchoire inférieure de happer la proie. Il lui raconta l'immersion du bagnard dans une bière entrouverte pour laisser le corps glisser en mer après que le gardien a agité une cloche dont le tintement rassemble les requins. Il lui apprit, elle le retint du premier coup : « Déjà les vieux requins sont là / Ils ont senti le corps de l'homme / L'un croque un bras comme une pomme / L'autre le tronc… et tralala / C'est au plus vif, au plus adroit / Adieu Bagnard, Vive le Droit. »

Enfin c'est rapidement dit, car l'épisode des requins prit plusieurs semaines. Il lui cacha, avec ses nombreuses péripéties, l'aménagement dans le palais du Gouverneur et même son entrée à Sainte-Marie. Son père et sa mère disparurent. Il n'y eut plus d'abord que l'attente anxieuse de la charogne qu'un type, qui ne venait jamais, devait livrer de bon matin ; la quête de la même charogne dans les endroits les plus mal fréquentés de la ville, les abattoirs bien sûr mais aussi le marché aux poissons, car l'affaire fut si près de capoter qu'ils avaient en désespoir de cause décidé d'appâter le requin avec du requin ! Le requin crevé pue le cadavre avec une intensité de fosse commune retournée. Planchon l'amena au cimetière, les corps moutonnaient sous la terre et avaient, dans un ultime cabrement, fait basculer la pierre tombale comme un drap qui glisse au pied du lit. Mais il ne restait que des os sur le sable.

Elle ne dormait plus. L'impatience qui la dévorait tendait son corps de la nuque au talon, elle ne touchait pas le matelas, avec des yeux énormes qui buvaient la nuit dans l'attente du jour qui lui apporterait la charogne. Elle arriva enfin par une aube très rose, dans un seau de fer-blanc. Échevelée Chrétienne courut jusqu'à elle, prenant son poids du seau. Elle voulut voir. Elle demeura stupéfaite. Ce n'était pas croyable, ce n'est pas dicible, mais cela fit merveille. Dans le crépuscule, les requins paraissaient enragés, ils montaient du fond de l'abysse, tournoyaient, sortaient la tête jusqu'au ventre, plongeaient en fouettant la vague, surgissaient les mâchoires ouvertes pour atteindre la charogne et là, suspendus en l'air, on croyait qu'ils mordaient, et le soleil blessé ensanglantait le ciel.

Il fallait pouvoir supporter l'horreur et le plaisir de ce spectacle terrible. Elle tenait ses yeux ouverts entre ses doigts pour qu'ils voient malgré eux, mais son corps tremblait. La peur la faisait grelotter. Elle ne pouvait plus dormir. Rien que ses yeux au regard effaré qu'elle baladait autour d'elle, rien que ses yeux vides, deux grands trous qui lui crevaient le visage.

Après les requins, ce fut la guillotine. Planchon lui montra celle du bagne qui reposait en pièces détachées sous des couvertures. Avant d'être gardien d'enfant, il avait été soigneur-graisseur de guillotine, pas bourreau, non, mécanicien de la mort. Glissière bien huilée, lame affûtée, il faisait son bisness fatal. Qu'on comprenne, il assurait la technique, le reste ne le regardait pas. La technique, c'est une mort propre assurée à quatre-vingt-dix-neuf pour cent. Et comme elle restait les yeux écarquillés et la bouche ouverte, parce qu'une guillotine, même en morceaux, ça saisit, il s'impatientait :

— Tu aimerais toi qu'on t'écrase le cou, qu'on te le hache ?

Une belle coupure, ronde comme un O, un cercle impeccable qui n'abîme pas plus la peau que le fil d'un rasoir, c'était de sa compétence. Net, suivant le pointillé.

— Et tu sais à quoi on voit une belle coupure ? À ce que la peau se rétracte aussi net que sur un zob.

Elle se rappelait la section des têtes dans l'entrepôt et se demandait si Planchon les avait coupées. Elle se libérait de l'énorme poids qui pesait sur son cœur. Son angoisse en fut balayée d'un coup. La fièvre qui la faisait bégayer tomba, son corps se détendit, ses yeux cillèrent.

Il connaissait les types qui baignaient dans le formol. Le Négro et le Rojo étaient déjà de vieilles têtes. Mais le Blanc, c'était un Breton. Ils avaient fait le voyage ensemble, ils avaient partagé deux ou trois bricoles, des riens qui comptent. Et puis un jour, un coup de fièvre, le toukouk, le guillotiné s'était fait le gardien, comme ça, juste les pouces sur la gorge, rien qu'avec les ongles qu'il s'était laissé pousser. Il lui avait préparé une lame de rêve.

— Un Chinois, tu dis ?

Si c'était celui auquel il pensait, il avait dû faire le quatrième à la dernière exécution, juste avant leur arrivée. Il n'était déjà plus affecté à la guillotine. C'était sans doute Tang, parce que depuis, il ne l'avait pas revu.

— Ah ! Tang, dit-il, si tu l'avais connu !

12

La naissance de Tang avait été saluée par tous les journaux de la planète. En France *L'Aurore* du 13 janvier 1898 titra : « Une fillette de sept ans met au monde un enfant. » Les rares lecteurs de l'article, qui se trouvait malencontreusement placé en deuxième page derrière le démesuré, l'incontournable « J'ACCUSE » de Zola, découvrirent que la naissance extraordinaire s'était passée en Chine — autre pays autres mœurs — où, c'est bien connu, les fillettes accouchent à sept ans et mettent leurs filles sur le fumier pour qu'elles soient dévorées par les porcs.

Tang était un garçon. Cela le sauva du fumier et des porcs mais n'empêcha pas sa mère d'être jetée à la rue par le fermier chez qui elle travaillait comme servante. Elle ne possédait que le bout de tissu qui ceignait ses reins et la potiche brisée dans laquelle elle mit l'enfant pour le porter sur sa tête. Et ainsi sur les chemins poussiéreux du Setchuang, les paysans virent passer cette pauvresse aux pieds nus surmontée de la potiche où la tête de Tang dépassait comme un bouchon, avec dans les fentes ses tout petits petons rose thé qui faisaient office d'anses ou de poignées.

Il y avait très peu de place dans le crâne minuscule de la mère de Tang en dehors de ce qui touchait à la survie immédiate : trouver de l'eau, la recueillir dans le creux de la main, mâcher l'herbe poussiéreuse qui végétait sur le bord de la route. La seule image étrangère au monde qu'elle devait combattre, la seule idée, qui de toute sa courte vie lui était venue à l'esprit, était celle d'un ruban rouge dont elle avait imaginé orner ses tresses noires et, maintenant qu'elle était mère, nouer les cheveux raides de son nourrisson de manière à les faire jaillir comme un épi destiné à leur apporter prospérité et opulence.

Les jours de faim et de délire, le ruban rouge qui guidait sa route vers le bonheur s'effaçait. Elle imaginait qu'elle portait sur sa tête un pot rempli d'un délicieux confit de porc sucré qui lui emplissait la bouche de salive. Combien de fois n'avait-elle pas été déçue en ne trouvant dans la potiche que son enfant dont son instinct maternel très défaillant — en tout cas beaucoup moins présent que la faim et la soif — lui disait peut-être qu'il était bon à manger. Seul l'épuisement qui lui fermait les yeux, dénouait ses mâchoires et desserrait ses dents évita à Tang d'être dévoré tout cru. Il n'aima jamais être serré de près ni surtout embrassé. Une bouche qui s'approchait de sa joue lui donnait le frisson. Mais les rêves de sa mère lui étaient passés dans le sang : des rêves de chair dorée, des rêves d'enfants confits et de rubans rouges.

Un cirque russe qui passait par là captura la mère et le fils pour les exposer auprès de la femme sans tête et de l'homme-éléphant. La mère de Tang, qui n'était vraiment qu'une toute petite fille, en conçut une peur affreuse qui lui saisit le cœur avec ses pinces de crabe. On la retrouva morte près de l'homme-éléphant comme ces frêles boutures qui, dans la forêt, périssent à l'ombre des géants qui leur cachent le soleil.

Sans sa mère, Tang ne valait plus grand-chose. On espéra pour lui qu'il serait nain et on lui fit garder sa potiche le plus longtemps possible pour affiner sa déformation, la rendre plus ronde, plus lisse. Il savait se déplier et se replier avec une extraordinaire souplesse qui le fit choisir par des acrobates pour lesquels il joua la balle en l'air.

Le ballon sur le nez des otaries, c'était Tang. Le ballon que les enfants attrapent dans les manèges, c'était Tang. Le ballon que les clowns crèvent en riant, c'était Tang. Le ballon sur lequel l'éléphant pose délicatement son pied orné de perles et de clochettes, c'était Tang. Le ballon que les ours muselés se renvoient du bout de leurs grosses pattes, c'était Tang. Le ballon abandonné sur la piste du cirque et que l'on ramasse avec le crottin des chevaux, c'était Tang. Toute son enfance, il ne fut qu'un ballon rouge.

À Moscou, il entra dans un orchestre d'animaux. À Budapest, il fit avec une guenon un numéro de duettistes. Il aimait le travail bien fait, elle adorait les rires et quand il n'y en avait pas assez, elle soulevait sa jupe et montrait sa queue. Il en aurait pleuré. À Vienne, il changea de partenaire. On l'accoupla à la femme-baleine si fragile sur ses fines attaches et ses petits pieds. On trouvait gracieux le duo que formaient le farfadet et la baleine. L'énorme femme blanche avait un si grand mal à rester sur le sol qu'elle oscillait comme un culbuto. Elle menaçait de sa grosse masse le criquet étincelant et doré qui évitait d'un bond d'être écrasé. Dans la patrie de la valse, Tang venait d'inventer le tango.

À Paris, il quitta le cirque et se loua comme danseur mondain, et monta le Tango's. La mode était lancée. Rue de Lappe, les établissements ouvraient l'un après l'autre. Chacun inventa sa légende, elles étaient toutes prodigieuses. On voulait que ces lieux mal fréquentés fussent dangereux et l'on n'y entrait qu'au péril de sa vie. Les hommes avaient des surins dans les poches; d'un geste vif, ils ouvraient leurs crans d'arrêt. Tang dansait avec des rasoirs aux chevilles. On s'attendait à un bain de sang.

Trente ans après, il fit de nouveau les gros titres de *L'Aurore* : « L'Abominable Crime de la Rue de Lappe ». Sept femmes assassinées au

Tango's. Du beau monde, du beau linge, toutes étranglées avec le même ruban de satin rouge. L'accusé qui s'exprimait avec un accent étranger ne trouva pour sa défense qu'une histoire compliquée que personne ne voulut croire. Seule la perfection de Monsieur Tang, sa popularité, son désir de satisfaire toutes les clientes qui se pressaient dans son dansoir l'avaient conduit à imaginer cette figure mortelle où il les entraîna. Une seule et même femme lacée de ruban rouge, une danseuse parfaite avec ses quatorze bras et ses quatorze jambes. L'agonie fut superbe. Toutes ces poitrines oppressées allèrent jusqu'à rendre l'âme en mesure d'un seul et même souffle.

13

— Et alors? demanda Chrétienne.

Le visage renversé, elle écoutait avec les yeux de l'extase.

— Et alors, continua Planchon, Tang s'était très bien fait à la situation car quoi qu'on en dise, le bagne ce n'est pas le cirque. La vie y était aussi dure mais ne requérait pas cette perfection du geste, cette habileté, cette précision du mouvement sans lesquelles on fait le grand saut. Au contraire le bagne engourdissait les membres, atrophiait les doigts, alourdissait l'esprit, c'était ici la seule condition de la survie. Habile et intelligent comme il l'était, Tang se servit de sa toute petite taille pour échapper à la plupart des corvées et garder ce doigté incroyable, cette sensibilité unique. Il se fit chasseur de papillons et devint le correspondant d'un grand nombre de muséums d'histoire naturelle dans le monde et de quelques collectionneurs privilégiés qui lui passaient leur commande en latin. Ils préféraient au morpho bleu qui fuse jusqu'au ciel l'espèce rarissime des mites grises et poussiéreuses qui rampent sous l'écorce des arbres morts. C'est la vie.

Mon Dieu, se disait Chrétienne, je ne me suis pas décidée assez vite. Tang était le Chinois de son bonheur ou plus exactement le Chinois pour lequel son père avait suggéré qu'elle sacrifiât son bonheur et elle ne s'était pas décidée assez vite. Il avait dû être guillotiné la nuit de son hésitation. C'était dans la grande douceur qui s'était emparée d'elle un flot d'amertume, une peine immense, une détresse infinie, car pour ce Chinois-là, c'est sûr, elle aurait tout donné. Et pour être la mère de ce Chinois...

La Mère de Dieu trouva que sa fille avait mauvaise mine. Elle ressemblait à une petite feuille décolorée dont on aperçoit dans la transparence jaune les nervures vertes. Elle diagnostiqua, comme pour une plante, la chlorose.

— La chlorose des JEUNES FILLES? demanda le Gobernator.

Il donnait au mot jeune fille quelque chose d'insultant. En tout cas c'est comme ça que Chrétienne le prit. Les petites filles n'aiment pas que l'on soupçonne leur féminité.

Pour remédier à la chlorose comme à la jeune fille, la Mère de Dieu commanda que sa fille sortît un peu du bagne, qu'elle prît l'air À LA CAMPAGNE. Elle suggéra des promenades à but pédagogique. Elle proposa que cette prise de contact avec la nature soit élargie par la confection d'un herbier qui éveillerait l'enfant à la beauté, à la variété de la flore tropicale, lui faisant saisir toutes les nuances et les richesses de cette terre injustement réservée à la réclusion des esclaves et des bagnards. Elle leur avait expliqué sa méthode : couper délicatement la plante, la faire sécher entre deux buvards roses puis disposer la fleur bien à plat sur la feuille de papier en disséquant les pétales, les étamines et le pistil, et si l'on peut, la racine tout entière. Pour finir inscrire le nom en latin et à l'encre noire.

En soi, le principe était séduisant, mais il était ici irréalisable par l'ampleur, la force, le gigantisme de la flore même. Tout était trop épais, trop grand, trop velu pour pouvoir être casé entre les pages d'un cahier. Quant au buvard rose, il aurait fallu le remplacer par des draps et des couvertures, car les plantes saturées d'eau se mettaient à dégorger dès qu'on les coupait, comme si elles avaient eu à désaltérer une équipe de bûcherons amazoniens. Les presser entre les pages d'un dictionnaire, c'était à peu près essayer de conserver des doigts ou une langue par le même procédé. Ça pourrissait.

Ils herborisaient cependant, tel était le but officiel de leurs promenades, mais en se défiant des lianes hydrophiles qui se prennent pour des serpents et qui ont mis au point, pour le jour où Dieu donnera le feu vert, des enroulements constrictifs autour des corps qui émettent de la chaleur. Ils évitaient les plantes carnivores qui claquent des dents sur leurs proies. Ils ne ramassaient pas les champignons qui ont sur le dos la fourrure d'un lapin blanc et qui se contentent d'un bourgeon rouge à la place de l'œil. Ils ne cueillaient jamais les baies qui imitent les fraises mais qui, par une de ces erreurs flagrantes qui font la faiblesse des faussaires, se suspendent à la hauteur des pommes dans un arbre qui rappelle grossièrement le figuier.

Chrétienne apprit, non comme l'entendait sa mère qui avait fait des *Robinsons suisses* son guide de secourisme, à s'émerveiller des prouesses de la création, mais à se méfier de ses contrefaçons : le serpent qui joue au tas de feuilles mortes, la mouche qui se déguise en colibri, les papillons qui s'ornent d'une tête de mort, les poissons qui, sur les rochers, se font passer pour des lézards et les lézards qui se prennent pour des hommes car ils font trois pas debout en courant. Planchon n'avait qu'un principe frapper d'abord, écraser ensuite, examiner enfin.

— Ici, disait-il en prenant l'univers à témoin, si tu ne frappes pas le premier, tu es frappé ; si ne tues pas, tu es tué.

Avec de tels principes, la promenade était une suite d'accidents plus ou moins graves où s'ils n'avaient pas agi avec promptitude, devançant le piège tendu par le Grand Programmateur, ils eussent laissé la peau. Se promener, c'était plus ou moins risquer un morceau de soi-même. Alors ils se méfiaient. Ils abandonnaient derrière eux un chemin labouré comme par des sangliers. On pouvait les suivre à la trace. À coups de bâton, dans de grandes gesticulations de coupe-coupe, ils ravageaient, autant qu'ils pouvaient, l'inhumaine nature. Ce n'étaient que plantes arrachées, fleurs décapitées, araignées écrasées, serpents cisaillés. Chrétienne prenait des forces.

Devant le palais, le ton montait. Dans un lieu où l'on parlait à voix basse, où l'on n'entendait que le coupe-coupe des équipes de corvée qui tranchaient l'herbe, rectifiaient les massifs, ôtaient les fleurs mortes, une discussion entre bagnards qui tournait à la querelle était inimaginable. Chrétienne s'approcha de la croisée et vit Planchon. Il gesticulait face à un gnome doré qui s'emportait en criaillant des mots impossibles à comprendre. Tang avait resurgi de la forêt et reprochait de façon véhémente à Planchon d'avoir, dans ses exercices de sciences naturelles, mis à sac un nid de cocons rares dont il attendait l'éclosion avec une patience infinie.

« Tang, se dit Chrétienne, le cœur desserré, oh Tang ! » Elle eut dans l'esprit que son bonheur, bien qu'il ne ressemblât pas à ce qu'elle attendait et même qu'il cheminât par des voies très sauvages, touchait à sa fin.

Au bruit qu'elle fit en se penchant à la fenêtre, Tang releva la tête et ce qu'il aperçut lui coupa le souffle : deux nattes noires le long d'un visage d'enfant. Il en fut comme étourdi, il ne savait pas d'où ça venait mais il sentait monter en lui une émotion inconnue. Au bout des nattes qui pendaient à la fenêtre, il mettait des rubans de satin rouge.

14

La belle liberté de Planchon avait ses limites,
elle se défaisait lorsqu'il sortait du bagne. Dès
qu'il abordait le centre-ville, il mettait une
anxiété scrupuleuse à ce que Chrétienne se
conduisît bien. Il détestait la voir courir et s'arrêter en freinant pour laisser des traces de pneu
sur la latérite. La conduire à l'école était un vrai
martyre. Il aurait voulu qu'elle en jetât, qu'elle
fût belle et propre avec des gants de filoselle et
des boucles d'oreilles comme une jolie prin-
cesse. Elle était toujours mise comme un sac —
à qui la faute ? —, dépenaillée, les mains sales .
Pour un ourlet déchiré, il l'insultait parce
qu'elle déshonorait le bagne en général et lui,
Planchon, en particulier :

— Pour QUI on passe ? De QUOI on a l'air ? LA
HONTE sur nous !

Alors il la lavait rudement, il la frottait surtout
au cou et derrière les oreilles. Il lui plaquait les
cheveux en arrière avec de l'eau et sa salive à
elle. Crache, ordonnait-il en tendant la brosse.

Mais il ne la mettait jamais nue, lui laissant sa chemise sous la douche. Elle ne l'enlevait avec sa culotte que lorsqu'il se détournait ostensiblement.

LA HONTE, il devait l'éprouver de plein fouet à cause de la médaille de bonne conduite ornée d'un double nœud bleu azur que Chrétienne exhibait triomphalement devant le portail de Sainte-Marie.

— Tu vois, dit-elle en paradant, j'ai encore la médaille de bonne conduite.

— Tu as encore la médaille de bonne conduite ! répétait Planchon fasciné.

— J'ai la médaille…

— Tu as la médaille…

Ils conjuguaient l'événement lorsqu'ils furent rejoints par la meute vociférante des parents d'une élève, pauvre petite Guyanaise éplorée qui saignait du nez et dont on ne pouvait savoir ce qui la désolait le plus du trou qui crevait le côté droit de son gilet ou de la tache de sang qui se répandait sur le plastron de sa robe blanche.

Planchon mit du temps à comprendre, prenant conscience en cascade : que la médaille de bonne conduite n'appartenait pas à Chrétienne ; qu'elle l'avait arrachée sur la poitrine de sa légitime propriétaire ; qu'elle l'avait battue pour faire cesser ses jérémiades, y allant vigoureusement des poings sur sa figure.

Restitution sur le trottoir. Excuses inaudibles de Planchon dont l'esprit de clan et la haine raciale lui commandaient surtout de foutre sur la gueule aux nègres.

— Allez, allez, prenez-la votre médaille…

— Pas suffisant, maugréait la famille désignant le trou dans le gilet amoureusement tricoté au point mousse.

— Qu'est-ce que vous voulez que j'y fasse ?

— Subir la morgue d'un bagnard, en plus…

— C'est la fille du Gobernator, coupa-t-il.

— On élève ses enfants soi-même.

— Qu'est-ce que vous voulez, criait Planchon, que je la tue devant vous ?

Il joignit le geste à la parole et serrait le cou de Chrétienne qui pleurait, sans un geste, sans une parole, tout à son rôle de victime, désirant, oui, à ce moment, désirant être tuée par Planchon, sur le trottoir, devant ces gens-là. Les nerfs lâchaient.

Très impressionnés les parents avaient rebroussé chemin avec leur petite victime, la médaille, le nœud bleu, et la certitude qu'eux seuls savaient éduquer un enfant. Ils avaient bien l'intention de demander des comptes aux sœurs, ils exigeraient que l'on n'accueille pas n'importe qui. L'altercation avec les Guyanais avait déclenché chez Planchon une colère mortelle qui atteignit à la porte du bagne un paroxysme furieux :

— Mais je te crève, hurlait-il. Je te crève. Je prends un couteau, je te le flanque dans le ventre. Je prends une corde, je te la passe autour du cou, et je serre. Je te balance à la flotte, je te fous aux requins… et pour la faire avancer, il ponctuait ses menaces de coups de pied dans les fesses.

Si une chose impressionna le Gobernator et la Mère de Dieu ce fut l'état de Planchon, les yeux exorbités, la bave au coin des lèvres, la sueur sur le front. Ils y virent les signes d'une colère sainte qui, par contrecoup, grossissait la faute de Chrétienne. Que ne fallait-il pas avoir commis pour faire sortir ainsi un bagnard de ses gonds ! Pour punir l'une tout en apaisant l'autre, la Mère de Dieu saisit sa cravache et flanqua à la fautive ce que dans sa famille, qui avait participé à la conquête de l'Algérie, on appelait une TANNÉE. Pour ne pas être en reste, le Gobernator administra la punition traditionnelle de sa grande famille apostolique et romaine. Il fit agenouiller la coupable sur une règle de fer tout en lui faisant tenir, au bout de ses bras en croix, une brique dans chaque main. L'ordonnance apporta la règle, quant aux briques, c'était le matériau du bagne.

Chrétienne avait été tellement battue qu'elle ressentait sur tout le corps un bien-être brûlant qu'accentuaient le fourmillement qui montait de ses jambes, le tremblement de ses bras et le goût sombre du sang dans sa bouche. Engourdie, elle resta les bras tendus, jusqu'à tomber comme un oiseau qui meurt sur la branche. Quand la punition fut levée, elle était recroquevillée sur le sol, détestant qu'en la réveillant on la replongeât dans son chagrin, haïssant qu'on vînt mettre des compresses d'eau froide sur les zébrures bleues et enflées qu'avait laissées la cravache, criant quand on essayait de lui laver les croûtes qu'elle avait sous le nez et sur les lèvres, refusant d'être coiffée, habillée, nourrie.

— Après une bonne nuit, il n'y paraîtra plus, dit la Mère de Dieu en enlevant sur les mollets de sa fille les petits éclats d'or qu'avait incrustés la précieuse cravache.

15

Le chagrin ne s'apaisait pas. Les larmes jaillissaient en ondées courtes et violentes qui lui brûlaient les yeux. Elle désirait la mort de son père et à un degré moindre — maman, je t'aime! — celle de sa mère. Mais en pensant à Planchon, elle avait des sursauts de rage : elle saisissait les barreaux de son lit de fer et le secouait si frénétiquement qu'elle arrivait à le déplacer ; elle sautait furieusement sur le matelas en essayant de frapper le plafond avec la tête pour l'y écraser ; elle hurlait pour se crever la gorge ; elle bloquait sa respiration et tentait d'expulser ses yeux gonflés de sang ; elle se mordait la langue, se griffait et s'arrachait les cheveux.

La voix du Gobernator, venue des profondeurs de la maison, demandait à la cantonade :

— Faut-il intervenir à nouveau ?

INTERVENIR! le mot lui collait une frousse intense qui la plaquait sur son matelas aussi rigide que lorsqu'elle devait échapper aux corps décapités qui recherchaient leurs têtes. Ils n'abandonnaient jamais. Dès qu'elle était seule, ils rappliquaient, surtout comme à cet instant, lorsque la nuit tombait. Une ombre sur un mur et ils étaient là, hideux par ce rien qu'il y avait au-dessus du cou tranché, ce rien qui était quelque chose qu'on ne pouvait pas oublier. Elle ne savait comment dire à l'autre qu'elle lui avait foutu sa tête par terre et que le jour du grand recollage, il aurait une sacrée déception ! Son cœur faisait un gros bruit dans ses oreilles. Il galopait comme un cheval.

Les larmes coulaient, douces et amères, sur ses joues desséchées parce que la médaille de bonne conduite, elle l'avait eue la semaine précédente mais ici personne n'avait semblé la voir. Sa mère avait fait, juste pour la forme, des compliments gênés. Ils n'étaient pas très « médailles » dans la famille et, lorsqu'on félicitait la Mère de Dieu pour sa Légion d'honneur, elle s'en défendait avec beaucoup de modestie, expliquant que son seul mérite était de l'avoir obtenue À TITRE MILITAIRE. Elle n'y attachait qu'une valeur sentimentale, celle du souvenir. Quant au Gobernator qui était Commandeur dans le même ordre, il apparaissait toujours la poitrine vierge de tout insigne, comme si rien ne devait protéger son cœur blessé.

Contrairement à ses parents, Chrétienne aimait les médailles, fussent-elles de papier d'argent, de chocolat ou comme dans le cas présent de bonne conduite. Elle se faisait décorer au saut du lit par le premier bagnard, balayeur ou marmiton, vaguemestre ou infirmier qui passait. Quelle scène de commémoration ! Il s'appliquait, ne la trouvant jamais assez bien centrée, assez droite. Elle s'était tant occupée de sa médaille, dont elle allait jusqu'à faire repasser le nœud, qu'elle n'avait pas été vigilante sur le reste et puis, on la lui avait enlevée pour l'accrocher sur la poitrine d'une petite fille dont les nattes relevées au-dessus de sa tête étaient déjà ornées d'impeccables rubans d'organdi blanc.

On ne lui avait pas expliqué que la médaille n'était pas un don, mais un prêt, qu'il ne fallait pas seulement la posséder avec un enthousiasme furieux mais la mériter à chaque instant. Ne pas être seulement bien mais toujours mieux que les autres. Guigner de l'œil celle dont la progression devient menaçante, frémir à sa moindre bonne note, se réjouir de sa plus petite faute… Quand elle s'était précipitée sur la petite Guyanaise ce n'était pas seulement sous l'effet d'une pulsion farouche voire sauvage comme on l'en accusait mais parce qu'elle réparait une injustice. Elle reprenait possession de son bien, l'autre n'avait qu'à se satisfaire de ses nœuds d'organdi.

Dans l'ordre de la tradition commune aux deux familles, celle qui fouettait et celle qui agenouillait (plus la règle, plus les briques), après la punition physique, l'enfant devait méditer sur sa faute dans l'isolement et la solitude. C'était, selon l'âge et le lieu, une courte réclusion dans un placard, le bannissement à l'office ou dans la cave, la quarantaine dans une chambre aux volets fermés. Pour la forme, on exila Chrétienne dans l'entrepôt. Elle n'y resta que deux petites heures. Le temps de refaire connaissance avec les têtes, c'est-à-dire de rester contre la porte, les yeux fermés, le souffle coupé ; puis le calme revenu d'ouvrir les yeux en se réjouissant, tant il faisait sombre, de ne rien voir ; n'y voyant rien, s'efforcer d'y voir, repérant là-bas, très loin, l'éclat des bocaux ; y déceler la présence des têtes ; s'approcher les yeux ouverts et constater comme le lui avait dit Planchon que le Négro et le Rojo étaient de vieilles têtes, presque des crânes ; détailler le Breton au passage et chercher l'autre. Elle l'avait bel et bien balancé, il macérait au milieu d'une caisse de livres, dans une pourriture épaisse de cartons rongés, de pages gluantes, d'encre putréfiée.

Pendant ce temps, avec une hauteur à laquelle elle n'avait pas tout à fait renoncé, la Mère de Dieu faisait savoir à qui de droit, sur son papier bleu que l'humidité avait ourlé d'un vilain liséré brunâtre, que dans l'affaire de la médaille ridiculement attribuée à la BONNE CONDUITE, l'institution religieuse s'était mal comportée et avait montré un manque de jugement doublé d'une absence de charité. Elle retirait sa fille Chrétienne... Elle recevrait désormais son éducation à la maison avec un précepteur. Elle avait enfin écrit PRÉCEPTEUR.

Ce fut Saint-Jean qui s'entremit pour tenir le rôle.

— Vous feriez ÇA pour NOUS! s'était exclamée la Mère de Dieu ne sachant comment exprimer sa reconnaissance.

On dérangea Chrétienne qui prenait ses aises dans l'entrepôt. Croyant qu'elle en avait pour plusieurs jours, elle faisait tranquillement, au milieu des bocaux, l'inventaire des caisses. On lui annonça la bonne nouvelle, lui faisant promettre qu'elle montrerait une grande application à tout ce que voudrait bien lui enseigner Saint-Jean.

16

Ainsi allèrent les choses. Chrétienne grais-
sait ses cahiers sur la table de la cuisine au
milieu d'un amoncellement de produits que
Saint-Jean contrôlait avec l'œil du commandant qui remplit les soutes de son navire. On
s'attendait à voir rouler les tonneaux de rhum
et si le palais du Gouverneur n'avait pas encore
largué les amarres, c'est que le tafia n'arrivait
jamais à suffisance. Dans une demeure de près
de quarante pièces, on n'avait trouvé pour
l'enfant que cinquante centimètres d'une
table malpropre, au bois grossier qui impri-
mait ses nervures sous les pages. Saint-Jean ne
quittait pas sa cuisine. Il en avait fait la plaque
tournante d'affaires aussi nombreuses qu'em-
brouillées.

Des commanditaires louches apportaient des
bêtes, avec des mines de trafiquants d'or : deux
poules étiques suspendues par leurs pattes
bleues; un perroquet long et raide qui avait
perdu ses couleurs et dont la mort — déjà

ancienne — avait crevé les yeux et ciselé la tête ronde ; un porcelet barbu ; une cuisse de singe roux dont ils avaient dévoré le ventre.

Au milieu de la pièce, tonitruant et avantageux, Saint-Jean marchandait en dévalorisant de façon systématique le produit. Le perroquet, soupesé par la queue, n'était pas plus lourd qu'un plumet de police ; les poules saisies en pleine chair, sous les ailes, tâtées au blanc et au croupion, subissaient l'investigation d'un index interrogateur avec un couroucoucou à la fois surpris et consterné, une façon de protester, avant la casserole, de leur honneur perdu.

— Pas d'œufs, concluait Saint-Jean avec autorité.

— Des œufs jusqu'à ras bord, affirmait le trafiquant d'or qui apportait pour preuve que la bête avait pondu pendant le transport.

— Tête en bas et pattes en l'air ?

— Je te jure !

Nouvel examen, nouveau couroucoucou. Ils prenaient des paris. Devant le ventre ouvert, Chrétienne comptait les œufs, les gros déjà jaunes et les petits blancs comme des perles, cela s'appelait LEÇON DE CALCUL et Saint-Jean avait perdu. S'il n'y en avait pas, cela se nommait LEÇON DE CHOSES et l'on examinait le gésier, pochette-surprise dans la pochette-surprise du ventre de la poule. Les paris repartaient sur la façon dont la bête avait été nourrie. Grain ou plein air ? Il valait mieux pour tout le monde que ce fût au grain. Le plein air réserve dans ces contrées et sous ces climats des visions qui saisissent et dont on ne se remet, du côté de la mémoire, jamais tout à fait. Œufs ou pas, grain ou plein air, les hommes réconciliés trinquaient autour de la poule éventrée.

En matière de restauration, le perroquet et la poule constituaient le dessus du panier. Saint-Jean préférait la poule au perroquet, mais cela n'arrêtait pas de défiler dans la cuisine. Des pauvres hères qui voulaient des sous et qui troquaient n'importe quoi, jurant sur leur vie qu'ils n'en connaissaient pas le nom mais que ÇA se mangeait, longuement cuit, en sauce, avec du citron, du vinaigre, de l'alcool et des piments. Saint-Jean et Chrétienne se penchaient sur une faune aussi diverse et variée que les champignons des pays tempérés. Bon ou pas bon ? La question fondamentale :

— Ça ne me plaît pas, et Saint-Jean refusait.

Alors le miséreux, qui savait que sa bestiole allait crever et lui avec, se tournait vers Chrétienne et la lui soldait parce que cet animal qu'il destinait à la casserole était le plus doux, le plus familier petit compagnon du monde.

— Tu le veux ? demandait Saint-Jean.

Comment refuser ? Elle les voulait tous. Un à un, ils composaient sous la table, attaché à un pied de chaise, au fond d'une boîte en carton, un zoo étrange et éphémère qui se négociait avec un verre de tafia qui brûlait l'estomac du malheureux et attisait l'ivresse de Saint-Jean. La forêt vierge avec ses poils, ses écailles, ses anneaux, ses yeux d'or et de saphir, ses museaux longs ou courts, ses faux ours, ses simili-panthères, ses vrais singes envahissait au fil des heures la cuisine.

— Tu le prendras APRÈS.

— Après quoi?

— Après la leçon.

— Quelle leçon?

— La leçon de TOUT.

De visiteurs en verres de tafia, la leçon de TOUT connaissait un regain d'intérêt à l'arrivée de la marée. Grossièrement emballés dans du journal, les poissons aveugles palpitaient dans leur graisse molle et le marchandage s'éternisant, dans un énième sursaut, ils déchiraient le papier humide, sautaient sur le sol et tentaient, dressés sur leurs nageoires, une petite course vers la sortie. Ils ignoraient, les pauvres, qu'il leur faudrait encore descendre les escaliers, traverser sous le regard passionné des urubus le fond du parc pour trouver la mer. Saint-Jean les rattrapait, les étourdissait d'un coup de bouteille plus ou moins lourdement assené selon le niveau du tafia.

— Si tu veux pas les manger pourris, il faut qu'ils restent vivants!

Il gardait vivante une tortue dont il se promettait de tirer un rôti de veau. Deux civets de lapin s'agitaient sous une caisse renversée. Et puis sans transition, reposant sur la table le poisson couvert de poussière, il déchirait un morceau du journal sanglant dans lequel il avait été

108

enveloppé et annonçait d'une voix tonitruante :
— DICTÉ-E.

En matière d'orthographe, il privilégiait les faits divers, les rapports de police, les adjudications. Il s'échauffait et émaillait la dictée, comme des incidentes, de ses considérations personnelles sur la corruption des juges, la magouille des fonctionnaires, le courage des criminels. L'autocorrection n'était guère facile. Chrétienne ne retrouvait pas le texte qu'elle avait transcrit dans le journal souillé, elle qui rêvait d'une dictée si parfaite qu'elle reproduirait sur les mots les taches du papier.

Saint-Jean mettait du désordre jusqu'aux mathématiques, par sa façon de poser les divisions avec des zéros au milieu qui compliquent tout et une préférence pour les sept et les neuf qui se manient si difficilement. À voir comme il se concentrait tout à coup, elle devinait qu'il y aurait des restes et qu'il faudrait aller trois chiffres après la virgule, plus la preuve. Elle s'appliquait à dompter la brutalité des nombres qui se heurtaient jusque dans leur tracé. Elle s'escrimait sur des chiffres si dysharmonieux qu'ils semblaient un bataillon couché par la mitraille, avec des hommes à terre et des officiers debout, gueulant qu'ils devaient quand même avancer. Le poisson qu'on avait oublié émit un cri atroce, espèce de chant du cygne, en expulsant entre ses grosses lèvres la masse rose de sa langue.

Après le marché et juste avant le coup de feu du repas, Saint-Jean prenait une pause. Il ouvrait une autre bouteille et s'asseyait près de Chrétienne, l'encourageant à terminer au plus vite. Il se versait un verre, prenait son zombic sur les genoux et le caressait vigoureusement. Le zombic dardait sa petite tête aveugle et l'agitait de droite à gauche avec une satisfaction qui ne faisait pas de doute.

— Ce qui serait bien, disait Saint-Jean avec l'euphorie que lui avait apportée le tafia qu'il avait absorbé depuis le matin, ce serait de faire un peu de géographie. Pas le monde, mais Cayenne et ses alentours, disons jusqu'à Caracas.

Il savait tout dessus. Le résultat de deux cavales. En attendant, il remplaçait les exemples neutres et insipides dont raffole la grammaire par des mots d'une crudité qui incrustent leurs imageries dans la cervelle et qu'elle retenait malgré elle, se défendant de jamais les utiliser. C'est ainsi qu'elle apprit d'un seul coup les verbes du premier groupe avec PÉTER.

— Tu verras, encourageait Saint-Jean, tu verras comme tu riras quand on sera au subjonctif imparfait.

Elle ne riait pas. À force de retenue, sa parole se trouait. Les mots qu'elle avait perdus ou qu'elle ne pouvait pas prononcer mettaient de grands blancs dans ses phrases. Elle ânnonait.

— Allez, zou, récréation, commandait Saint-Jean qui voulait qu'elle dégage.

17

Planchon assurait la relève, il était le gardien de ses récréations. Depuis l'affaire de la médaille, il n'assurait que la maintenance. Piquet de grève, il restait strictement dans les limites de son rôle, ne lui adressant plus la parole, la regardant sans la voir. Il subissait. Chrétienne pensait pouvoir lui fausser compagnie, mais il la retrouvait toujours. Il suffisait de regarder par-dessus son épaule pour apercevoir sa silhouette reconnaissable entre mille dans ses loques de Maréchal qui lui avaient fait regagner honneur et confiance en soi.

Quand il arrivait à sa hauteur, il s'accroupissait entre ses genoux et se roulait une cigarette, quelques brins de gris dans du papier journal. Il la regardait, sans émotion particulière, sauter à cloche-pied sur les poutres du débarcadère, monter sur un toit pour déloger les urubus, grimper tout en haut d'une citerne pour y lancer des pierres.

En revanche, il était bien obligé de la suivre

en ville. Elle la connaissait dans ses moindres recoins, attentive à tout ce qui s'y passait. Sachant que chez Pepeder, il y avait depuis deux jours un paresseux accroché à une branche de frangipanier, que Le Grand Parisien avait reçu un ballot de cretonne rouge à fleurs blanches, que les Sœurs faisaient une crèche vivante, que chez Poupoune il y aurait de la fressure de porc à midi. Elle avait assisté à un concours d'élégance automobile où sur la place des palmistes, les dames des fonctionnaires avaient présenté les automobiles de l'administration et de l'armée dans des tenues olé olé. Le pompon revenant à la femme du Haut-Commissaire qui s'était déguisée en moussaillon…

De ces choses, elle ne se vantait pas. Par intuition, elle savait que ses parents n'auraient pas apprécié le concours d'élégance automobile ni le pantalon court de la Commandante de la Marine qui laissait voir ses cuisses nues. Vraiment, un ami, un confident lui manquaient et la surveillance impassible et distante de Planchon lui était insupportable. Elle remarqua un chien qui errait lui aussi dans Cayenne. Ils n'allaient pas toujours aux mêmes endroits mais se croisaient souvent, se cédant la place sur le trottoir. Ils étaient les deux seuls êtres libres dans cette ville où plus que n'importe où chacun était assigné à une fonction, à un lieu, à une résidence. Ils allaient, selon leur humeur et la rumeur, d'un quartier à l'autre, le chic, le malfamé, l'hôpital, la caserne, vérifier sur le port que le bateau du courrier était bien arrivé, assister à son déchargement mais courir à l'autre bout de la ville pour voir les bagnards revenir du casse-route et faire un détour par chez le docteur Désir qui donnait un bal d'enfants.

Le chien connaissait les bonnes adresses. C'est lui qui la conduisit jusqu'à la boutique de l'unique photographe du pays qui opérait des miracles derrière un rideau noir. Il possédait des décors peints devant lesquels la bonne société venait, en famille, se faire tirer le portrait. Ciel bleu, véranda fleurie de roses ou ciel bleu, mer bleue et bateaux à voile. Il cachait par-derrière des décors plus élémentaires avec des trous, les préférés des bagnards. Ils logeaient dans ces inoffensives guillotines leurs têtes hirsutes et s'admiraient sur l'épreuve vêtus en gandins et en gourgandines. Un décor représentait la sainte Famille avec des angelots dans le ciel.

À l'autre bout de la rue principale, dans le quartier des grands comptoirs tenus par les Chinois, le chien, qui y pratiquait assidûment les poubelles, l'avait mise pour la première fois en contact avec un poste de radio. Un riche commerçant en possédait un, grâce auquel il suivait les cours de la Bourse. Chrétienne avait, comme tous les badauds, écouté une musique qu'il convient de qualifier de nasillarde et des éclats de voix agressifs comme une querelle de chats. Invitée à entrer — le chien resta dehors —, elle avait vu l'instrument, de la taille d'une caisse avec un petit rideau de toile devant. Elle s'était imaginé qu'il fonctionnait comme une maison de poupées peuplée de petits personnages qui prêtaient leur concours à toutes les combinaisons possibles pour animer cette maison de la radio particulièrement active, prolixe et industrieuse.

Or elle avait toujours rêvé de posséder un nain — son amour des crapauds avait là son origine — avec lequel elle aurait pu converser et qui lui aurait prodigué encouragements, conseils et compliments. Découvrir que de simples commerçants en avaient, hommes, femmes, enfants, de quoi remplir une boîte, la mettait dans un état de stupéfaction proche de l'anéantissement pendant qu'elle sentait, hélas, monter ce désir violent qui l'obligerait à passer à l'acte pour avoir, contre l'ordre et la loi, entière satisfaction.

Elle supplia ses parents d'acquérir un instrument qu'elle se promettait de visiter en détail. Elle voulait en particulier résoudre le mystère du fonctionnement de leur salle de bains et d'abord vérifier ce point qui la tracassait : les nains se lavaient-ils nus ou habillés? Puis examiner comment autour du chef d'orchestre ils accordaient des instruments lilliputiens parce que la musique qui sortait du poste n'avait pas le son des instruments ordinaires, ce qui devait s'expliquer par leur extrême petitesse. À quoi pouvaient ressembler les touches d'un piano nain, les trous d'une flûte de la taille d'un cure-dents? Ses interrogations ne trouvèrent pas de réponse, il n'y aurait pas de nains dans le palais du Gouverneur, pas plus de nains que de poste de radiophonie.

— Qu'est-ce qu'ELLE veut? demanda le Gobernator, affectant de ne pas s'y retrouver dans une histoire qui mêlait les nains et la musique. Est-ce qu'Elle délire?

Pour la photographie, Chrétienne avait pris sa mère par les sentiments religieux. Elle l'avait persuadée qu'il serait du plus haut intérêt de posséder une photographie qui montrerait aux familles de France comme ils étaient heureux à Cayenne. La Mère de Dieu en Vierge, le Gobernator en saint Joseph et elle, tout en haut, prêtant son visage à un ange accoudé sur un petit nuage. Mais elle se trompait sur sa mère qui n'ayant pas la religiosité rose préférait dans l'écarlate du martyre les nuances les plus sombres. Elle dut faire taire son désir quoique sa mère n'ait pas dit non, mais uniquement pour une photographie sur la véranda, et à condition qu'on enlevât les fleurs et qu'on couvrît le ciel.

Cette photo, ils ne la firent jamais. Chrétienne ne possédait aucun portrait de ses parents. Seulement plus tard dans un journal, en regardant le vice-roi des Indes et lady Mountbatten, elle retrouva quelque chose du couple que formaient ses parents à Cayenne, cette longueur, cette minceur, cet éclatant effacement, et son cœur se tordit d'une douleur qui disait qu'elle avait dû beaucoup les aimer, avec cette forme d'admiration que l'on nomme la vénération.

Elle avait découpé la photo et la gardait avec ses objets intimes, la montrant quelquefois, en disant : Mes parents. Mais les gens qui avaient reconnu le célèbre couple ne la croyaient pas et suspectaient alors tout ce qu'elle disait.

Comment de tels êtres, d'une perfection absolue, d'une grâce entière, d'un dévouement sans limites, avaient-ils échoué dans un endroit pareil ? Pourquoi avaient-ils réclamé de venir ici avec les proscrits, les dévoyés, les délaissés ? Quel désespoir, quelles mutilations secrètes leur avaient fait élire le séjour des bagnards ? À quelles peines s'étaient-ils condamnes ? Dans leur vie le Gobernator et la Mère de Dieu avaient prononcé deux vœux. Chrétienne et Cayenne. Chaque fois ils avaient reçu le pire.

18

Entre les leçons de Saint-Jean et les récréations de Planchon, Chrétienne n'avait plus d'existence légale. Elle avait dépassé les bornes et flottait dans une marginalité dangereuse où le chien n'était pas le seul compagnon de fortune. Elle avait des relations avec deux ou trois truands auxquels elle rendait de petits services, des comprimés qu'elle dérobait dans la réserve maternelle mais qu'elle n'hésitait pas, en cas de besoin, à prendre à l'infirmerie du dépôt. Elle savait transvaser l'alcool dans une fiole et le remplacer à niveau par de l'eau, voler une fois la seringue et l'autre fois l'aiguille, chaparder du sparadrap. Le sparadrap, c'était leur exigence. On la récompensait avec des bonbons et des plumes de perroquet. Elle réclamait du ruban rouge. Elle s'attifait comme une folle, se faisait appeler Pépita et roulait des hanches. Elle paradait dans les rues, interpellait les passants, mendiait quelquefois, se faisait rabrouer. On lui disait doucement mais fermement, comme au chien errant qui l'accompagnait :

— Allez, pchtt, va-t'en, ne reste pas là, retourne chez toi.

On s'inquiétait :

— Est-ce que la petite fille est toujours là ?

N'était la crainte de la maladie, on lui aurait apporté un morceau de gâteau. On n'osait pas le lui lancer, c'était une enfant tout de même.

Les honorables familles guyanaises ne reconnaissaient pas en Chrétienne la fille du Gouverneur du bagne de Cayenne, mais ce que le bagne, qu'ils détestaient comme une injure faite à leur terre, peut produire de pire. Elles n'associaient pas la petite fille aux instances dirigeantes si puissantes de l'administration pénale mais aux déchets de la prison. Il n'y avait qu'un endroit pour engendrer de tels enfants, le bagne. À leurs yeux, Chrétienne était, quoiqu'il n'en existât pas à Cayenne, une enfant du bagne.

Elle observait, à travers les grilles peintes, les vérandas au bois ajouré et les massifs de fleurs, les petites filles aux nattes enrubannées, au teint très pâle dans cette nuance café au lait tirant sur le crème dont s'enorgueillit l'aristocratie guyanaise, ces peaux vanillées légèrement vertes qui font ressortir les grands yeux sombres cernés de mauve avec des cils magnifiques. Les garçonnets portaient leurs cheveux coiffés en arrière, tenus par une huile parfumée qui détendait les boucles et donnait à leur coiffure un aspect compact et cranté comme sur les réclames de brillantine.

118

Pour bousculer leur terrible indifférence, elle avait mis au point un spectacle qui les fit grimper aux grilles, piétiner les massifs de fleurs et se tordre le cou entre les barreaux, tant il était irrésistible : l'apparition de la Vierge à Bernadette Soubirous.

Elle était Bernadette Soubirous, le voile d'infirmière de la Mère de Dieu serré autour de la tête donnait toute sa crédibilité au personnage. De leurs yeux immenses qui justifiaient à l'avance tous les miracles, toutes les féeries, les enfants virent la fille du Gobernator frappée d'une stupeur qui figeait ses traits pendant que ses bras s'élevaient irrésistiblement vers le ciel. Elle tomba à genoux. Dans la lumière, ses lèvres laissaient échapper des mots étranges mais assez explicites pour des enfants bercés de foi catholique qui vivaient dans le culte de l'apparition mariale. Comme Chrétienne, ils en connaissaient le processus infaillible, le minutieux agencement et ne trouvaient pas étrange qu'elle se produisît sur le trottoir d'en face puisque chacun l'attendait.

Les mots qui sortaient de la bouche de Chrétienne, comme de celle d'un dormeur éveillé, étaient d'autant plus identifiables qu'ils les connaissaient par cœur : Ave Maria. Que Votre Volonté Soit Faite. Le Fruit De Vos Entrailles. Maintenant Et À Jamais. Pour Les Siècles Des Siècles. C'est sûr, ils assistaient en direct au grand micmac réparateur qui allait transformer le cul du monde en soleil de l'univers. Cayenne, ville vertueuse souillée par le crime et sauvée par la Vierge, était bonne pour les miracles, pas pour le bagne. Au milieu des enfants hébétés, les domestiques, d'anciens esclaves, sombres comme des nègres, étaient les plus enthousiastes. Déjà ils psalmodiaient à l'africaine le chant de la reconnaissance et de la délivrance.

Et Chrétienne s'abîmait dans des transes qui prouvaient bien au public, qui avait débordé les grilles et se serrait autour d'elle, qu'elle seule était l'élue car la Vierge, qui lui parlait longuement, lui faisait d'énormes compliments qu'elle réfutait pour la galerie avec une humilité presque mondaine : Je Ne Suis Pas Une Sainte. Je Ne Suis Pas Aussi Admirable Que Vous Le Dites. J'Ai Aussi Des Défauts. Mon Martyre Est Léger Comme Un Pétale De Rose. Que Votre Volonté Soit Faite. Amen.

Les parents venus à la rescousse ne partagèrent pas l'engouement mystique de la population enfantine d'autant plus qu'ils arrivaient après la bataille. La Vierge disait maintenant à Chrétienne ce qu'elle pensait des Guyanais rassemblés. Son opinion, qui recoupait exactement celle de l'officiante, n'était point bonne. Il perçait dans son discours quelques menaces plus ou moins directes d'Enfer et de Purgatoire, dont elle se chargeait — maman, je t'aime — de punir des enfants si z'égoïstes et si prétentieux (expression qu'affectionnait la Vierge) qui n'ouvraient pas leur porte à une véritable fille de Dieu.

Cette révélation provoqua chez ces enfants délicats une violente perturbation. Une petite fille se reconnaissant gravement coupable éclata en sanglots. Tant de déception soudain, car à quoi servait que la bonne Dame apparût devant chez eux si c'était pour ne point les aimer, ne point les combler de cadeaux? Ils avaient tellement l'habitude d'être choyés que cette brutale restriction dans l'amour infini qui les entourait leur faisait froid dans le dos.

Le spectacle tournait mal.

— Allez, va-t'en, disait-on à l'illuminée. Va-t'en, pouilleuse; va-t'en avec tes bagnards de parents!

Et à ce moment-là Planchon qui avait laissé faire surgissait, il s'emparait de la main de Chrétienne comme s'il avait été son père et l'entraînait vers le bagne. Sur la route du retour, il lui secouait le bras.

Qu'est-ce qui lui prenait à se faire insulter par des nègres? Qu'est-ce qui lui prenait de faire insulter le bagne? Et l'HONNEUR, qu'est-ce qu'elle en faisait? Et sa fierté à lui, où elle la mettait?

— C'est parce que je suis malade dans ma tête, ripostait-elle faiblement sous le flux injurieux.

— Qu'est-ce que c'était d'avoir toujours mal à la tête comme ça?

— Pas mal à la tête, disait-elle, mal DANS la tête.

— Tu te fous de moi?

Le soir même, il donnait sa démission à la Mère de Dieu. Il voulait partir pour les îles du Salut.

— Planchon, vous quitteriez ma fine équipe? Vous déserteriez au moment où l'on a le plus besoin de vous?

Elle lui promit une étoile de plus à sa tenue de gala et la ficelle dorée qui récompensait, dans le palais du Gouverneur, les services difficiles. Il restait mais il demandait à être déchargé de Chrétienne. Il suggéra que par sécurité Chrétienne fût désormais consignée à l'intérieur du bagne. Adieu Pépita.

— Judas, lui cria-t-elle de toutes ses forces rassemblées alors qu'il passait près d'elle.

19

Elle se débrouilla. Le matin, elle enfilait sur la culotte qui lui servait de vêtement de nuit la robe de la veille qui gisait au pied du lit. Un amas d'organdi cassé, fané, amolli et chiffonné que personne n'entretenait plus. Au fil d'une utilisation sauvage suivie de solides nettoyages dans une lessiveuse qui faisait bouillir tout le linge de l'infirmerie, la robe partait en lambeaux, avec ses boutons arrachés que remplaçaient des épingles de nourrice.

— Qui me coiffe? lançait-elle aux bagnards qui attendaient dans la cuisine autour d'un bidon de café au lait noirci par la fumée.

Pour Chrétienne, il était important que l'opération se fît avant le lever de ses parents pour apparaître propre à la table du petit déjeuner et éviter ainsi les réflexions désagréables du Gobernator. Une coiffure soignée et des nattes serrées donnaient à son visage un aspect frais et net. Au contraire avec des cheveux ébouriffés, s'échappant en touffes des anneaux de ses tresses, la saleté ressortait, vieille de plusieurs jours.

— Depuis quand ne s'est-elle pas lavée? demandait le Gobernator.

— Qui me coiffe?

Elle allait de l'un à l'autre, présentant la brosse et camouflant le peigne, espérant qu'ils la coifferaient en douceur, qu'ils passeraient par-dessus les nœuds, qu'ils ne lui déchireraient pas le crâne.

Ils ne voulaient pas la voir. Ils étaient bien entre eux, accroupis autour de leur bidon avec leurs gamelles de fer entre les doigts, à cuver leurs cuites de la veille, à digérer leurs mauvais rêves, à dormir encore un peu en dedans de leurs caboches, à rester tassés épaules contre épaules, à naître lentement dans le jour déjà rouge. Ils la rembarraient.

— Je sais pas.

— Demande à Planchon.

— Fous-moi la paix.

— C'est pas l'heure.

Et puis il y en avait un, jamais le même qui cédait.

— Viens donc, la Miss.

Les techniques changeaient selon les coiffeurs, mais toutes étaient rudes, les mains épaisses, les doigts raides, les ongles durs. Ils la coinçaient entre leurs cuisses et la plaquaient contre leurs torses qui sentaient la sueur, le bois vert, la fumée et le rhum. Ils défaisaient ses cheveux, les répandaient sur son dos, les étalaient pour tracer de la pointe d'un ongle aussi effilé que la lame d'un surin la longue ligne médiane qui allait du front à la nuque, avec autant de dextérité et de rapidité que s'ils avaient voulu lui couper le crâne en deux. Ils se plaignaient qu'elle eût les cheveux emmêlés et que, dans ces conditions, il fût impossible de procéder au tressage.

— S'il vous plaît, suppliait-elle.

— Va chercher le peigne.

— Je l'ai perdu.

Ils lui montraient leurs doigts qu'ils crispaient comme des griffes. Les pattes dressées, ils étaient des lions, des tigres, des ours qui crachent de colère.

— On te peigne avec ça, alors ?

Elle donnait le peigne.

— Menteuse.

— Ce n'est pas joli joli.

— À ta place, j'aurais honte.

Et comme son menton tremblait parce qu'elle avait du mal à dissiper toute sa culpabilité, il y en avait un qui flanchait.

— Viens, la Miss, je vais te les faire.

— Alors serre, exigeait-elle et bien en arrière.

— Et puis quoi encore ? — le type se rebiffait — tu fais pas la loi ! Je te coiffe comme je veux ou tu le fais toi-même, et il retirait brusquement le peigne.

Elle se rendait, servile soudain, portant à ses lèvres l'ignoble pogne qui brandissait le peigne.

Après il fallait trouver de quoi nouer les tresses, des élastiques dépareillés, un bout de ficelle, une épingle tordue, un morceau de sa robe, déchirée pour déchirée...

Saint-Jean se levait, il s'étirait, bras et jambes écartées.

— Six heures moins cinq, messieurs, le caoua de Sa Sainteté.

— Et le thé de la Mère Nom de Dieu, continuait le reste de la troupe en enfilant les vestes chamarrées.

La séance de coiffure cernait les yeux de Chrétienne et lui mettait à force de larmes contenues de petits fils rouges dans les yeux.

— Tu as de la conjonctivite ? lui demandait sa mère.

Elle acquiesçait. Ses cheveux lui donnaient de la conjonctivite.

— Est-ce qu'on ne pourrait pas me les couper ? demandait-elle en soufflant sur le lait pour en rider la peau.

— ELLE ne se trouve pas assez moche comme ça ? interrogeait le Gobernator en guise de salut.

— Mais tu es très bien coiffée, affirmait la Mère de Dieu de toutes ses forces rassemblées dans son enthousiasme matinal. Tu te débrouilles très bien. Qu'est-ce que je te disais ! C'est un coup à prendre !

Derrière eux les tortionnaires, en uniformes de fantaisie, glissaient silencieusement.

John l'Enfer demandait obséquieusement :

— Madame veut du thé?

— Désire, Saint-Jean. Madame désire-t-elle un peu plus de thé?

Et puis avisant qu'elle parlait à un prêtre qui à cette heure aurait dû servir la messe au lieu de lui verser du thé, affolée par l'énormité de sa remarque, perdant à la fois son enthousiasme, ses forces et sa volonté :

— Laissez, Saint-Jean, laissez la théière sur la table. Je me servirai moi-même.

20

Chrétienne, la bouche gonflée de lait et de pain beurré, se dépêchait d'aller cracher derrière le palais du Gouverneur, dans une zone d'ombre et d'angles morts dont elle n'était pas la seule à faire un dépotoir. Le mélange brunâtre se dissolvait dans la terre en même temps que surgissait une colonne de fourmis cornues et translucides qui en bruissant d'excitation nettoyaient la place plus rapidement que si on eût actionné une chasse d'eau. Chrétienne éprouvait une certaine volupté à croire qu'elle nourrissait la terre, comme l'oiseau régurgite dans le bec de ses petits. Elle voyait dans l'impatience des fourmis la fringale même des oisillons, elle aimait que la nourriture qu'elle leur apportait se fût mélangée dans sa bouche, que ses dents l'eussent malaxée, que sa salive l'eût déjà dissoute. Elle se plaisait à croire qu'elle fabriquait un nectar savoureux dont cette espèce de fourmis raffolait. Elle les avait apprivoisées, elle s'en était rendue la maîtresse.

Où qu'elle soit, il lui suffirait de cracher sur le sol pour les voir apparaître aussi nombreuses, ardentes et efficaces que l'exigerait la tâche à accomplir. Elles étaient à la fois le génie et la lampe, industrieuses, virulentes, promptes au travail, anxieuses de l'accomplir jusqu'au bout, des finisseuses exceptionnelles. Et savoir qu'elle avait à sa disposition ces milliers d'aides impatientes, efficaces et généreuses n'était pas sans donner à Chrétienne un sentiment de puissance assorti de la conviction qu'ainsi protégée il ne pouvait rien lui arriver.

Là-bas, Saint-Jean l'appelait. Il criait comme un camelot qui veut appâter le chaland.

— Dictée, grammaire, verbes, analyse logique.

Elle ne répondait pas.

— Histoire, géographie, leçon de choses.

Elle ne répondait toujours pas.

— Catéchisme, morale, instruction civique.

Elle haussait les épaules.

Alors sur le bord de la véranda, torse nu, il hurlait vers le large, le soleil et la mer :

— Allons Enfants De La Patrie, Le Jour De Gloire Est Arrivé... Tyrans Descendez Au Cercueil.

Ni vue ni connue, elle se dirigeait vers la plage si ce nom peut désigner un éboulis de rochers noirs sur lesquels s'était effondrée une partie d'un mur d'enceinte, une anse isolée au sable souillé que les bagnards, dans l'odeur de la vase,

129

avaient choisie comme lieu d'aisances. Elle cherchait entre les rochers, dans le sable collant, des poissons échoués. Terreux et gluants, ils se fondaient dans la boue, mais elle les repérait aux bulles qui crevaient la surface. Elle avait imaginé de les soigner dans un hôpital à poissons avant de les remettre dans la mer.

Elle les regroupait dans un petit bassin qu'elle avait construit près de l'eau avec des cailloux et des coquillages renforcés par toutes sortes d'épaves échouées sur la plage. Inlassablement, elle allait jusqu'à la mer pour remplir une boîte de sardines rouillée qui traînait et en déverser le médiocre contenu dans le bassin, sans arriver à maintenir un niveau d'eau suffisant. Le souffle court, oppressée par la chaleur, écrasée par toute cette humidité qui ne se résolvait pas, elle finissait par s'asseoir et observait les poissons, ceux qui tentaient de passer par-dessus bord, ceux qui creusaient un trou pour s'enfouir et tous les autres qui se passaient dessus-dessous dans un énorme mélange glaireux.

Ils étaient increvables, ils avaient toujours faim et se bouffaient les uns les autres. Elle se sentait obligée de ramener un peu d'ordre, un semblant de loi et de droit dans cet univers impitoyable. Avec un bâton elle appuyait sur le ventre des gros pour qu'ils restituassent les petits qui, frétillant de leur vitalité retrouvée, se mettaient aussitôt à dévorer ceux qui les avaient dévorés, emportant un bout de queue, déchirant une bouche, taillant à même une joue, un ventre. C'était un vrai hôpital, il y avait du travail par-dessus la tête. Chrétienne copiait le geste de lassitude de la Mère de Dieu qui lorsque la fatigue l'accablait — trop c'est trop — laissait tomber ses bras le long du corps avant de se ressaisir. Elle joignait les mains et réclamait que le Seigneur vînt à son secours et accomplît à travers elle ce que son corps épuisé ne pouvait plus faire.

C'est alors que le chien arrivait. Tous les jours, à la même heure, il descendait du remblai du mur d'enceinte, contournait une partie de la pierraille effondrée, passait près de Chrétienne sans marquer le pas et filait directement dans la mer où il se comportait comme un char amphibie qui passe une rivière. Sa mécanique robuste, puissante et lente le dirigeait vingt-cinq mètres plein large, cinquante mètres en travers, puis retour le museau pointé vers le rivage, la queue dressée en guise de gouvernail. Il touchait le bord et en s'ébrouant inversait les machines, remettait en place sa mécanique terrestre, celle qui actionnait les pattes, et repartait comme il était venu, sans un regard, sans un battement de queue pour Chrétienne qui l'appelait.

— Tu te prends pour qui ? prétentieux ! — Et au cas où il ne l'aurait pas su : — Tu n'es qu'un chien noir !

Pas de chiens, pas d'amis, solitude.

Face à elle commençait l'infini, une immensité marron qui troublait une énormité laiteuse. Le ciel caillé surnageait dans une bouillie brune qui prenait au soleil des reflets lie-de-vin. La chaleur montait du sol avec une virulence d'étuve et l'enveloppait d'un voile humide qui ruisselait sur son corps. Elle fondait sur la plage, se dissolvait dans ce maelström de boue, de vapeur, de sécrétions comme dans une digestion universelle. Elle tapait de plus en plus mollement sur les poissons dont la peau se ternissait dans la flaque asséchée. Elle laissait s'accomplir comme un ultime hymne à leur vie barbare leur dévoration frénétique.

Elle était vraiment dégoûtée et rêvait d'animaux de cirque, légers, rapides et adroits, de caniches blancs bien pomponnés qui sautent dans des roues de rubans et de fleurs, d'otaries moqueuses qui poussent sur le bout du nez des ballons multicolores, des singes en robe dorée qui jouent La Belle au bois dormant, des nains bondissant dans des costumes de satin rouge. Sur le chemin qu'elle prenait pour aller à l'infirmerie du dépôt, elle ne trouvait jamais qu'un iguane gris qui dressait sa crête épineuse, un crapaud gonflé de bave et de larmes, un serpent qui quittait sa peau attachée à la tête. Le chapiteau du cirque qui élevait dans un ciel de fête ses humeurs légères, sa musique était bien loin, ici tout se traînait à ras de terre, à moitié dégagé, à moitié enfoui, pas vraiment sorti, pas encore né, déjà mort et elle ressentait une tristesse profonde qui se confondait avec le mal de crâne qui poussait derrière ses yeux et qui lui avait donné l'idée de réclamer un comprimé d'aspirine.

21

On lui donnait un gros cachet crayeux qu'elle devait couper en quatre avant de pouvoir l'avaler. Elle sentait ses angles aigus qui blessaient sa gorge et qui traçaient le long de son cou un trajet déchirant. Quand il avait le temps, Dédé, le chef qui se vantait d'être le seul bagnard à doubler perpette, le lui écrasait entre deux cuillères et l'adoucissait avec un peu de sucre. À cette époque, l'aspirine faisait mal, la quinine était amère et l'alcool brûlait.

L'ombre lui faisait du bien. Elle restait dans un coin de la salle de soins à attendre que la douleur martelante qui évidait son crâne tout autour de l'œil droit se dissipât. Elle regardait soigner les plaies, celles des pieds, celles des mains qui s'étendent en brûlures rosâtres ; celles des coudes et des genoux qui creusent des cratères purulents ; celles des yeux qui ferment le regard sous les croûtes ; et puis toutes les autres qui sur la poitrine et sur le ventre dessinent des figures incertaines que les infirmiers ne reconnaissent pas et qui attendent le diagnostic d'un médecin qui n'arrive pas.

Le tout-venant était sans surprise. À force de voir percer le bouton rouge du ver-de-biche ou crever la peau morte de la puce-chique, les infirmiers appelaient selon leur spécialité et leur compétence :

— Par ici, la puce-chique !

— Ver-de-biche ! Y a-t-il des vers-de-biche ?

Chrétienne les observait qui opéraient avec des gestes minutieux et une adresse de prestidigitateurs. Habiles à découper dans la pulpe d'un orteil la gangrène d'une puce-chique qu'ils extrayaient en un tournemain ; exacts à enrouler sans le casser le ver-de-biche de peur qu'en se rétractant il ne plongeât plus profond sous la peau pour ne resurgir que trop tard après avoir taillé à travers les organes vitaux sa route sanglante. Chrétienne surveillait ça de près. Ah ! on pouvait dire qu'elle n'avait pas froid aux yeux ! seulement chaud aux joues et puis encore mal à la tête.

— Ça y est, criait l'infirmier victorieux en se redressant brusquement et en montrant son butin au reste de l'assemblée.

Puces-chiques, vers-de-biche, vers-de-biche et puces-chiques mais aussi furoncles et abcès, morsures de rats et brûlures de mille-pattes. À qui le tour ?

— Ça ne fait pas mal, disait le patient à Chrétienne, pour montrer son courage.

— Tu vas voir, menaçait l'infirmier et, pour

134

faire rire, il brandissait un sabre d'abattis, un tournevis.

Et le patient, qui voyait quel succès il pouvait remporter à faire lui aussi le clown, faisait semblant de pleurer et de crier.

— Vous êtes bêtes, disait Chrétienne en haussant les épaules.

Elle aimait traîner parmi eux, ils étaient gentils. Cassés, lessivés, éreintés, les bagnards étaient dénervés comme si on leur avait coupé les tendons. Ils n'étaient plus que de gros épouvantails inoffensifs, des bateaux démâtés, des buffles aux cornes rognées, des serpents édentés. En les amoindrissant la fièvre et les blessures leur redonnaient une identité humaine. C'est dans cette salle de soins qu'un paludéen l'avait saisie et pressée si fort contre lui que la fièvre lui avait traversé le corps en décharges brûlantes ; qu'un éclopé avait touché comme un ex-voto son pied nu et qu'un autre lui avait pincé la joue en la traitant de « petit bout de jambon ». C'est dire la ferveur qu'elle suscitait.

Elle crânait au milieu de tout ça, se vantait de sa douleur, parlait de sa migraine qui pouvait à tout moment, selon l'interlocuteur, se transformer en épilepsie ou en chlorose. ÉPILEPSIE ET CHLOROSE de la tête, si le type n'était pas assez admiratif. Elle racontait que ses parents n'étaient pas ses vrais parents, qu'ils l'avaient achetée dans un cirque qui présentait des monstres. Elle s'appelait Pépita, avait déjà eu un enfant et disait la bonne aventure. Elle les provoquait en leur affirmant qu'elle avait toujours le pouvoir de lire l'avenir. Superstitieux, ils ne voulaient généralement pas le connaître, mais si par hasard l'un ou l'autre lui abandonnait sa main, elle lui prédisait des calamités, la maladie, la mort. Et elle ne se trompait pas.

C'est ici qu'elle entendait les plus belles histoires du bagne, les plus atroces. La fièvre amplifiait en cauchemars splendides les rêves d'évasion, elle en exagérait jusqu'au surnaturel l'impossibilité. Les araignées grosses comme des réverbères, noires dessus - roses dessous, tissaient entre les arbres des toiles immenses qui prenaient les hommes comme des moucherons. Les oiseaux imitant la voix humaine perdaient les fuyards dans la jungle. Tout requin pêché avait un enfant entier dans le ventre. Les piranhas bouillonnaient autour des radeaux de fortune que les caïmans soulevaient d'un simple coup d'épaule. Les fourmis rouges dévoraient si rapidement les chasseurs que, lorsqu'on les retrouvait, leurs squelettes, fusil au poing, montaient encore la garde. Les évadés qui avaient bouffé leurs compagnons d'infortune et ceux qui pendant un an avaient tourné en rond dans la forêt, repassant dans leurs traces qu'ils ne reconnaissaient pas.

— Encore...

Ils répétaient tous les contes des chercheurs d'or. Ceux qui en avaient trouvé pour des millions et qui avaient tout perdu au fil d'une course épuisante à travers la jungle. La poussière d'or s'écoulant de leurs havresacs laissait derrière eux une trace brillante qui les désignait aux ennemis. Ils se tuaient les uns les autres, jusqu'au dernier qui raclait la terre autour des cadavres mais qui se faisait étrangler à la frontière par le passeur de la dernière pirogue. En mourant ses doigts crispés se desserraient et l'assassin, hors de lui, voyait l'or ou ce qui en restait, englouti par la rivière, emporté par le courant.

— Encore...

Il y avait les bordels de Caracas et les filles presque blanches qui balancent les volants rouges et noirs de leurs robes comme des éventails. Le jeu, les cartes, les dés et toujours l'alcool. Un commerce d'écailles de tortue, de la contrebande de cigarettes, un négoce d'émeraudes du Brésil, quelque chose de florissant qui disparaît quand la fille avec laquelle on passe la nuit s'esbigne avec le magot et le dentier de trente-deux dents en or qui trempait dans le verre sur la table de nuit.

— Encore...

Un Chinois qui avait monté une affaire de papillons si prospère qu'il employait une dizaine de bagnards qui cherchaient pour lui les exemplaires les plus rares. Un Chinois qui faisait en France la pluie et le beau temps. Il avait décidé que les femmes porteraient des bibis de plumes, des queues de veuves, des roses vertes, des colliers de colibri.

— C'est Tang? demanda-t-elle comme dans un rêve.

22

Au fond de l'infirmerie, il y avait une pièce, le domaine réservé de Dédé, dont on tenait la porte fermée. Des types y entraient pliés en deux, une branche entre les dents — une technique comme une autre pour retenir la douleur —, puis en sortaient sur des brancards que l'on posait à même le sol pendant qu'ils reprenaient leurs esprits, ce qui se reconnaissait à un bruit rauque et soutenu qui arrêtait tous les rêves. Les consultants de la salle de soins, tous les puces-chiques et tous les vers-de-biche, tous les trop chauds et les trop froids serraient les dents avec le blessé qui luttait contre la douleur. Le premier cri rompait le barrage, et c'était une rocaille de jurons, un torrent de supplications ou un fleuve de larmes. Parfois le silence s'éternisait. La douleur n'était pas revenue, le type était parti avec elle sur son grand cheval noir à la langue rouge, celui qui vole au-dessus des forêts et qui nage au fond des océans et les rêves de tous les enchaînés l'accompagnaient un bout de chemin. Ça leur permettait de décoller, ils aimaient faire la route ensemble.

On reprenait le jeu de dames avec le bruit sec et rapide des sabots du cheval noir qui frappaient les cases blanches. On chantait des chansons du bagne qui disent l'honneur perdu, le bonheur enfui, le pays oublié, les fils prodigues, les femmes infidèles, les officiers injustes, la guerre cruelle. On priait des saints inconnus, on en inventait d'autres. On se faisait un Dieu rien que pour soi. On était triste et Chrétienne pleurait un peu, juste pour l'harmonie. Dédé la consolait en lui faisant lécher la dragée sucrée d'un médicament amer. Il lui donnait du coton pour sécher ses larmes.

— Maintenant tu as les yeux bleu ciel, lui disait-il.

— Non, répliquait-elle, bleu vorace.

— C'est quoi ?

— Bleu féroce, avec du sang dedans.

Et puis la gamelle arrivait et on parlait d'autre chose : la mauvaise nourriture, la soupe aigre, le pain moisi, la graisse rance. Elle était bien, elle s'endormait sur un banc, sous une table, mais la plupart du temps ils la prenaient dans leurs bras, sur leurs genoux, ils lui chassaient les mouches qui se posaient sur son visage. Là-bas au palais, on ne s'inquiétait pas, ils savaient qu'elle était dans de bonnes mains.

Après avoir fermé l'infirmerie, Dédé la raccompagnait. Ils marchaient vite sur le chemin de ronde, pressés par le soleil qui avait entamé sa course désordonnée derrière les îles qui, l'une après l'autre, le renvoyaient vers le ciel. Ils couraient pour le retrouver derrière une crique avant de le perdre dans les marais. Leurs silhouettes calcinées se découpaient sur le ciel incendié et la lumière rouge enflammait leurs cheveux. S'ils arrivaient un peu plus tôt, ils l'attendaient sur le quai du port et comptaient les ailerons de requin que la lumière rasante élargissait comme des voiles noires alors que le soleil montait d'un coup dans le ciel, grossissait à vue d'œil et tombait d'un bloc dans la mer où il explosait dans un jaillissement de lumière, de flammes et de fumée.

Le ciel qui s'enfonçait dans l'océan retournait dans un immense chavirement à la fusion originelle qui soulevait la mer rouge dont les embruns sanglants tachaient déjà le tablier de l'infirmier. Et Chrétienne tremblante voyait apparaître dans la vague rouge qui submergeait le ciel, dans les nuages pourpres qui s'écharpaient dans la mer, l'Ange défait, écorché et sanglant qui annonçait soir après soir leur Apocalypse.

C'est au soleil couchant qu'il lui avait pris la main qu'elle avait voulu d'abord défendre en la cachant derrière son dos, persuadée que c'était pour en vérifier la propreté. Elle repliait ses doigts, n'accordant qu'un poing fermé. Mais Dédé n'avait remarqué ni la terre ni la sève collante. Il lui avait desserré les doigts un à un en chantonnant :

— Dans un petit jardin, il y a un tout petit lapin…

La paume offerte, l'enfant ne savait pas que tant de douceur pouvait exister au monde. Elle allait souvent répéter la chanson, au point, penchée sur sa main, d'en avoir l'air idiot. Elle lui parla des nains. Il lui confirma l'existence de Tang. Il lui promit de le lui emmener un jour lorsqu'il reviendrait de la forêt, des papillons plein ses boîtes. Comment les images douces se fixent-elles ? Comment le cœur reconnaît-il celles qui restent. Dans un océan de boue et de malheur, au milieu des larmes et des cris, on lui avait donné celles-ci et elles lui avaient sauvé la vie.

23

À table, le Gobernator présidait. La Mère de Dieu et Chrétienne s'installaient de part et d'autre. Les domestiques s'alignaient le long du mur et l'ordonnance se tenait derrière le Gouverneur. On disait le bénédicité et on commençait par avaler la quinine.

— Est-ce qu'ELLE n'est pas TRÈS MOCHE? demanda le Gobernator à sa femme en désignant Chrétienne.

Il faisait porter l'accent sur les deux derniers mots alors qu'il avait pour habitude de n'isoler que le plus cruel ou le plus vexatoire.

— Est-ce que ses traits ne sont pas TROP GROS? — Il marquait avec sa main près de son visage la marque d'une enflure qui se situait du nez au menton... — TROP ÉPAIS?

Il n'y avait là rien que de très naturel dans la façon de s'exprimer du Gobernator et pas seulement avec sa fille mais avec toute personne étrangère, à laquelle il ne s'adressait qu'à travers une tierce personne, en général sa femme ou à défaut son ordonnance comme s'il avait besoin d'un guide pour voir ce qui l'entourait. Il avait gardé ses habitudes d'aveugle. Il ne faut pas croire que l'ordonnance faisait de la figuration, qu'il n'était qu'un pion posé derrière lui. Il suffisait de voir l'activité dramatique qu'il déployait tout au long du repas, occupé du seul couvert du Gouverneur. Trop chaud, trop froid, trop saignant, les arêtes du poisson, les os de la viande, la peau d'un fruit, un grumeau dans la sauce, pas assez de sel, TROP de sel. L'ordonnance se précipitait, enlevait l'assiette, la remplaçait, essuyait le bord du verre, remettait dans l'axe un couteau, ramassait la serviette et quand il y avait une tache... Ah! quand il y avait une tache! On était toujours au bord du drame, l'ordonnance, par ses soins inquiets, l'évitait de justesse. Sans lui, c'est certain, le Gobernator se serait laissé mourir de faim.

Pris en charge, presque assuré que son assiette ne comporterait ni obstacles ni pièges et qu'il pouvait se laisser aller à manger, il dispensait à sa femme des interrogations inquiètes sur la morphologie des dames de la colonie qu'il trouvait toutes difformes. Est-ce que, il indiquait le nom de la personne puis faisait état de la monstruosité supposée avec une moue de dégoût. Joignant le geste à la parole il désignait de la main où se situait la disgrâce, la retirant aussitôt comme s'il avait réellement touché sa victime au nez, à la bouche, au ventre ou aux seins.

Il détestait les femmes ou plutôt détestait que

toute forme de désir ou de concupiscence se posât sur lui. Il s'en trouvait souillé. Malgré sa gueule cassée et peut-être justement à cause d'elle, il était tragiquement beau et les femmes se prenaient naïvement à ce miel, déduisant que tout homme désirable aime l'amour. Il était un homme désagréable qui haïssait l'amour. Il en ressortait ces odieuses et mesquines condamnations que la Mère de Dieu, toute à réparer son erreur et à le remettre dans la bonne voie, affectait de ne pas comprendre. Il semait derrière lui des tessons de bouteille où il aurait voulu que ses admiratrices se fissent saigner les pieds. Il ne réservait pas à sa fille un autre traitement, atténué par le fait qu'elle n'avait pas de seins mais seulement un mètre et quelques de féminité, et, il le sentait, qu'elle ne l'aimait pas beaucoup.

Sept heures à table, sept heures trente, on a terminé, huit heures, extinction des feux. Ainsi en avait décidé le Gobernator. Il avait un mépris fondamental pour ceux qui se couchent tard et, partant, se lèvent tard. La même forme de mépris couvrait les hommes de moins de un mètre quatre-vingts, tous les individus qui boivent du vin rouge et portent des shorts sous les tropiques. Les chauves à moustaches le remplissaient d'une joie amère comme la forme la plus aboutie de la médiocrité masculine. A contrario, on voit à peu près à quoi pouvait ressembler malgré ses mutilations le Gouverneur du bagne de Cayenne qui par ailleurs édictait volontiers que la beauté du chef est un atout indispensable pour le commandement des hommes. Et pour en avoir bousillé autant, il était superbe.

C'est dire aussi comme il traitait de haut une population de fonctionnaires qui regroupait naturellement les caractéristiques infamantes : une taille plutôt au-dessous de la moyenne, un goût irrépressible pour la bouteille et des shorts trop courts sur des cuisses replètes qui rougissaient au soleil. Il n'aimait personne et personne ne l'aimait. Il était incommode et se fit détester. Ses manières de chevalier errant, de croisé fou, cette hauteur orgueilleuse lui attirèrent ces fortes aversions qui soulagent du mépris. Ses subordonnés attendaient un casseur qui aurait repris le bagne avec une poigne de fer. Ils avaient salué avec espoir le boucher d'Ypres. Il n'était même pas un héros mais un emmerdeur et ils étaient terriblement déçus.

Le Gobernator détestait ce bagne, mais il détestait aussi chaque bagne de cette terre perdue. Il détestait Saint-Laurent, Saint-Louis, Saint-Maurice, il détestait Saint-Jean, Sainte-Marie, Saint-Augustin, Saint-Philippe. Il détestait les îles du Salut. Habitué à l'action, il ne supportait pas le lent anéantissement du bagne, le pourrissement des hommes. Il était un preux qui avait épousé une sainte du Moyen Âge, ils avaient fui les temps modernes, mais la préhistoire, telle qu'elle s'était figée sur cette terre perdue, les terrifiait comme s'il ne tenait qu'à eux seuls d'humaniser tout cela, de défricher dans la forêt primaire comme dans les cœurs des brutes. Ils pensèrent peut-être à une sorte d'arche de Noé où deux par deux, en les nommant, bêtes, hommes et plantes, ils eussent pu faire la comptabilité de l'énorme magma de vie, de l'atroce enchevêtrement des espèces, de la confusion des âmes. Habitué à la victoire, le Gobernator ne faisait plus de conquête. La guerre contre le crime s'enlisait. Partout où il l'avait fait arracher, l'herbe avait repoussé, partout où il l'avait fait abattre, la forêt était revenue et, avec elles, l'irrépressible dégradation d'êtres qui ne savaient plus qui ils étaient, d'où ils venaient et pourquoi ils avaient échoué ici.

À force de travestir leurs crimes, à force de clamer leur innocence, à force de mentir ou tout simplement de rêver, les bagnards n'étaient plus rien que la maladie, la misère, la prostration, l'injustice, le désespoir et pour finir la mort. Anéantissement pour anéantissement, dans son atroce déception, comme dans sa colère, le Gobernator aurait rasé la terre. Il hésitait sur les moyens, le feu de Gomorrhe, l'eau du Déluge. Il n'était pas à quelques centaines de morts près. Il avait perdu ses compagnons, il ne lui restait que la chienlit. Plus que la haine, il avait la rectification dans le regard.

Debout devant sa fenêtre, il tournait le dos à la ville et derrière la ville à la forêt, il regardait la mer dans son infinité boueuse. C'est là que l'idée lui était venue de renflouer le ketch pourri qui s'était planté dans la vase de la baie et qu'au fil des moussons les marées avaient couché. Il lança une grande opération de désensablement qui requit la majorité de la population carcérale dans un travail qui resta dans les mémoires comme la pire corvée que des hommes eussent jamais accomplie ici. Ils creusaient avec leurs doigts et déposaient la boue avec leurs mains dans des paniers tressés qui la laissaient filer. Ils enlevèrent la boue de l'Amazone et la boue de l'Oyapock, la boue de l'Approuague et la boue de la Comté, ils draguèrent la fange des marais et du pripri. Mais ils curaient la boue de Verdun et la boue d'Ypres, ils soulevaient la boue du monde et la boue du ciel.

Le Gobernator, blanc dans le ciel blanc, sa carte immaculée à la main, regardait les hommes nus couverts de cette boue collante dans laquelle ils creusaient des trous pour les yeux, le nez ou la bouche, il se rappelait la boue des tranchées et les soldats comme des statues de glaise qu'il faut briser pour leur redonner un visage. Il ne prenait pas pitié. Juste cette haine qu'il avait de la boue et le désir de voir relever le bateau, de déployer ses voiles.

Il l'appela la Marie-Lise, du nom de la brise qui se lève à Cayenne à la fin de la saison des pluies et qui assèche l'atmosphère permettant aux nuages de se disperser, au ciel de se découvrir, au soleil de se répandre. On attendait la Marie-Lise comme une délivrance. Au vent la *Marie-Lise* hissait ses voiles avec le voluptueux épanouissement d'un cacatoès qui s'empanache. Chez l'oiseau, chaque plume devient un pétale, sur le bateau, chaque voile devenait une plume que l'aurore irisait de rose ou de jaune. Au large sur la mer sombre, la *Marie-Lise* disait en se crêtant qu'elle allait partir ou, en s'effeuillant, qu'elle allait rester.

Comme pour l'oiseau le déploiement des voiles n'allait que le temps d'un frisson, le désir de départ du Gobernator. Il sentait le vent qui gonflait les voiles, il entendait entre les drisses tendues cette rumeur de voyage mais les boues immobilisaient encore la quille. Épuisé par toute cette force retenue, il allait s'enfermer pour la nuit dans son carré aux boiseries précieuses qui n'était plus qu'une boîte à odeurs ou pris d'une sorte de remords qui le tenait en vie, il commandait sa galère et des bagnards vêtus de rouge le ramenaient sur la côte.

24

Cela n'allait pas mieux du côté de la Mère de Dieu. On le voyait, elle n'était pas là, mais s'appliquait à refaire les gestes de la journée. Au débit précipité de sa voix, au souffle qui exténuait ses mots, on sentait une nervosité qu'elle s'était efforcée de contenir et qui s'échappait maintenant qu'elle était assise devant eux et seulement devant eux. Elle doutait peut-être que le monde fût aussi bon qu'elle l'aurait voulu, elle n'en doutait pas en fonction du projet divin, mais par rapport au diagnostic enthousiaste qu'elle avait posé, sans les connaître, sur les êtres et sur les choses. En un mot, la Mère de Dieu doutait d'elle-même de sept heures à sept heures trente, le temps du dîner, juste avant la prière collective où ils se donnaient le baiser de la paix, et surtout jusqu'au grain d'opium qui l'aidait à s'endormir.

Ses aversions étaient moins radicales que celles du Gobernator mais si on l'y forçait un peu, elle leur donnait le nom de bourgeois.

Longtemps Chrétienne crut que BOURGEOIS était une insulte, au moins un péché capital, qui s'appliquait aux femmes qui traitent mal leurs domestiques, flattent leurs enfants, tutoient leurs maris, font des châteaux en Espagne, possèdent des appartements à Paris. Dans sa famille, celle qui cravachait, on ne savait même pas que le mot APPARTEMENT existait. Il choquait particulièrement parce qu'il contenait le verbe appartenir et que toute forme de possession leur semblait honteuse. Mais c'est moins la distance que la Mère de Dieu avait établie d'emblée envers la gent féminine de Cayenne, son refus de participer à tous les petits plaisirs de leur société — tournois de bridge, soirées de poésie, Jockey-club — qui la firent rapidement rejeter, que la pratique intempestive de la chirurgie qui lui mit les médecins à dos. Le fait de s'appeler MACHIN ne lui donnait pas pour autant le droit de pratiquer sans diplôme. À quoi elle répondit que la guerre avait été son école et le champ de bataille sa table d'opération.

Comme le Gobernator s'était replié sur son bateau, la Mère de Dieu dut abandonner l'hôpital où pourtant elle avait commencé d'exercer, voire la simple infirmerie du dépôt qui dépendait d'un médecin militaire hargneux, qui n'avait pas cette vieille toupie en grande estime. Elle soignait, dans des endroits perdus, des maladies inguérissables. Au cours d'interminables tournées, elle enseignait dans la forêt les rudiments de l'hygiène à des Indiens abattus par l'alcool.

Elle s'installa sur les chantiers où les bagnards accomplissaient leurs travaux forcés de déforestation. Là-bas tous les hommes étaient contaminés, ils tremblaient de fièvre, leurs blessures s'infectaient. On n'avait jamais le temps de les reconduire à l'arrière, ils crevaient en route, dix kilomètres à pied et on avait dix morts. Elle opérait sur place et passait ses nuits dans une hutte ouverte à tous les regards, à tous les dangers. Mais là encore, on l'avait délogée, ce n'était pas sa place. Elle ne voyait plus de salut que dans la lèpre et de séjour que parmi les lépreux. Et d'être en quelque sorte contrainte d'accomplir ce à quoi elle s'était destinée, d'être portée enfin vers les lépreux par la force du destin et la volonté de Dieu l'emplissait d'une espèce de joie qui égarait son esprit.

Le Gobernator comme la Mère de Dieu avaient liquidé très vite les relations avec le clergé local qui s'annonçaient pourtant sous les meilleurs auspices. Leur foi profonde, leur dévouement absolu à la cause des pauvres, les vœux qu'ils avaient prononcés, sans compter le frère de Madame, un prélat coiffé de rouge, auraient dû les faire plébisciter par la communauté catholique de Cayenne. Il n'en fut rien pourtant et cela par répulsion mutuelle. Le Gobernator reprochait à l'aumônier du bagne d'être le complice d'une administration pourrie et aux missionnaires de la paroisse LEUR INFECT MATÉRIALISME. Le clergé ne trouva pas chez le Gobernator la famille accueillante qui est le véritable foyer des prêtres. Son austérité radicale leur gâchait leurs dimanches sans compter les prétentions intellectuelles du Gobernator qui citait pour un oui pour un non les Pères de l'Église. Ils parlèrent même à leur endroit d'un MONSTRUEUX orgueil. La Mère de Dieu acceptait tout au monde mais pas l'orgueil. Était-ce de l'orgueil d'être venus à Cayenne soigner les bagnards? De s'être mis à leur service, de les accueillir, de les sauver? Oui, dirent les prêtres, car une personne véritablement humble n'aurait pas eu l'ambition d'aller contre l'ordre du monde et de vouloir, seule, réparer l'injustice de Dieu.

Sur le papier à lettres bleu sur lequel la moisissure s'étalait grassement, elle ne savait plus quoi écrire à sa famille. Muette, en dedans les clairons s'étaient tus, il n'y avait plus d'espace pour la gloire, le bonheur ou la joie. Elle tournait autour de son idée fixe avec autant d'acharnement que si elle avait eu quinze ans et que la guerre, le Gobernator et Chrétienne n'eussent pas existé. Je veux devenir lépreuse.

La ville regorgeait de lépreux, mais personne n'en parlait, c'était dans le secret des maisons, la plaie maudite que l'on pansait en famille. La lèpre frappait au hasard les riches comme les pauvres, les Blancs comme les Noirs. Elle couvait longtemps dans les corps pour sortir au jour sous une tache insensible. Au premier signe, à la première macule, le médecin signait la déclaration de contagion et c'était irréversiblement, entre deux gendarmes, l'île aux lépreux. L'épidémie causait des drames d'autant plus terribles qu'elle devait demeurer cachée. Le soupçon touchait tout le monde et l'on réglait ses comptes avec des lettres anonymes. Tant qu'ils étaient présentables, les lépreux menaient une vie ordinaire qu'ils distrayaient, pris d'une frénésie enragée, en fréquentant la nuit des endroits sordides où leur sueur condensée sous la tôle des dancings se répandait sur le public. Le matin, ils allaient se confesser à la première messe et reprenaient leur place derrière les comptoirs où ils distribuaient des billets infectés.

Quand la maladie avait fait ses ravages sur les visages défoncés et les corps disloqués, on les gardait au fond des cours, dans des chambres closes. Pour qu'ils prennent l'air, on ne les sortait qu'à la nuit. Sous les amandiers de la place publique, on repérait ces ombres branlantes qui se fuyaient les unes les autres. C'est là que la Mère de Dieu offrit d'abord ses services. Elle entrait le soir dans les maisons et dispensait les soins que l'on ne pouvait plus donner. Toute la nuit, elle sondait, elle curetait, elle amputait.

À l'aube, elle entrait dans la cathédrale par la porte de Notre-Dame-des-Douleurs et touchait furtivement les plaies vermillonnées d'un Christ au tombeau. Des lépreux, il y en avait là plus qu'ailleurs, elle les sentait qui se serraient près d'elle, coupables, honteux et terrifiés. Elle relevait sa robe pour griffer ses genoux nus sur le bois à peine équarri du repose-pieds, frottait longuement ses bras sur le dossier du prie-Dieu et quand sa peau avait pris l'empreinte du mal elle pressait sa tête entre ses mains moites.

Chrétienne savait que le compte à rebours avait commencé et que chacun de ses parents allait vers un destin où elle n'avait pas sa place. Elle avait pensé que sa seule présence les retiendrait encore, non parce qu'elle était leur unique enfant mais parce qu'elle était le fruit de leur vœu commun. Elle pesait toujours son poids d'espérance et de charité mais elle ne pesait pas lourd. Ils avaient ce regard opaque des personnes qui ne voient plus. Ils avaient dans le cœur cette impatience mortelle qui tue les gestes quotidiens. Elle connaissait l'appel de la forêt qui épuise les animaux sauvages attachés au pied de la table de la cuisine. Elle savait qu'ils préféraient ronger jusqu'à l'os la corde qui les attachait. Elle avait vu la patte, la main qu'ils avaient tranchées pour se libérer. Elle se rappelait Lord Jim et Priscilla à jamais perdus, que la cage verte avait été insuffisante à retenir.

25

Les soirs où ses parents ne se montraient pas, la fine équipe la servait en grand uniforme, comme la Mère de Dieu l'avait demandé, pour le dîner qui précédait la prière collective. Le cœur chaviré et les yeux gonflés, Chrétienne s'installait à la place du Gobernator. Elle dînait seule sous la lampe tempête si violente et si blanche qu'elle détachait les têtes des corps. Elle se tenait droite, surveillée par ces décapités. Elle mangeait des choses inconnues dont elle n'osait pas demander le nom. Dans sa bouche tout se ressemblait, le citron vert anesthésiait le goût.

Le dimanche, Saint-Jean faisait servir un vol-au-vent en forme de soupière avec deux anses, un couvercle garni d'une pomme qu'il soulevait sur une sauce épaisse. Il y en avait toujours pour quinze, la Mère de Dieu exigeant que l'on partageât le même repas. Sur la croûte du vol-au-vent le papier journal qui avait servi à lui donner sa forme restait collé. Dans son assiette, Chrétienne reconnaissait des fragments de faits divers, des morceaux d'adjudication.

— Lecture, commentait-elle pour prévenir tout reproche sur son inactivité scolaire.

Et comme on voulait enlever son assiette, elle disait :

— Je n'ai pas fini l'histoire, et puis elle se fourrait le papier, la pâte et la sauce dans la bouche.

Ils l'emmenaient au salon pour lui faire dire ses prières devant le mur blanc. Ils étaient tous les douze dans son dos, tous les douze avec leurs galons et leurs boutons dorés qui la pressaient silencieusement d'en finir. Elle priait notre père qui est sur la mer et notre mère qui est dans une île, elle priait avec la confusion des bagnards qui appellent à leur secours des dieux bretons et des poissons volants. Elle avait mis au centre de sa foi un Chinois doré, un chien noir, un crapaud gris. Sitôt terminé, c'est-à-dire dès qu'elle se relevait et qu'elle se retournait, ils soufflaient la lumière et elle recevait la nuit comme la mort, en plein poitrail.

Dans son lit elle écoutait les bruits des hommes qui déclinaient, les marches qui craquaient, le pas du veilleur de nuit qui faisait le tour de la véranda et dont la tête s'encadrait tous les quarts d'heure dans sa fenêtre sans rideaux et sans volets pour scruter son sommeil jusqu'au fond de son lit. Dans la nuit noire les bruits des bêtes s'allumaient avec la vivacité d'un

156

feu qui prend, qui s'élance et qui s'étale. Retenus par la lumière tout au long de la journée, l'ombre les libérait dans une excitation enfiévrée, désordonnée et impatiente. Ils luttaient pour dominer, ne retrouvant ni leur place ni la note, allant à fond de train, s'épuisant sur le terrain, à bout de souffle, désaccordés ou au contraire tonitruants, puissants et mécaniques comme des sirènes folles qui remplissent l'espace de leurs stridences prolongées. Elle n'entendait plus sa respiration au milieu de ces crécellements, de ces beuglements, de ces sifflements, sans compter tout ce qu'on ne pouvait percevoir encore dans cette cacophonie et qui n'attendait à tous les étages de la vie que le moment de saisir le relais. Un blanc, un spasme, une bête morte ou évanouie et un cri, un gémissement, un rire, un frottement prenaient place jusqu'à l'épuisement.

Certains soirs, elle apercevait son père qui faisait a l'intérieur de la véranda le tour du palais. Il marchait nu, les bras écartés, livide et maigre comme un grand Christ décrucifié qui chercherait sa croix. Il avait horreur de la sueur, il évitait tout ce qui la provoquait, il ne buvait qu'en se mouillant les lèvres mais il ne pouvait éviter que l'humidité ne se plaquât sur son corps, l'enrobant d'une moiteur qu'il exécrait comme si elle était sortie des pores de sa peau et non des sources de la nuit et de l'épaisseur de la brume. Le vent le soignait, le vent le réparait. Il se promenait nu en étendant les bras, en ouvrant les doigts. Les yeux clos, il apaisait son insomnie et se faisait sécher à la manière des oiseaux de proie qui déploient leurs ailes. Il n'y avait aucun pli, aucun repli, aucune ride dans lesquels la sueur pût stagner, seule sa cicatrice, morte depuis longtemps et qu'il ne sentait plus, la retenait.

Elle se souvint d'avoir regardé le sexe de son père comme celui de certains martyrs qui ont tant souffert qu'ils ne se sont pas rétractés. Un sexe abandonné aux tenailles qui curieusement l'ont ignoré, trop occupées à fouiller dans les flancs, à percer les jambes, à désarticuler les épaules, à briser le cou. Ce sexe innocent que les pinces et les prostituées n'avaient pas touché. Ce sexe que le bourreau dissimule avec un linge blanc, un carré de toile à peine drapée, un petit morceau d'humanité oubliée dans la grande catastrophe, le déicide magistral.

Parfois, elle entendait sa mère qui revenait de ses tournées nocturnes et qui se couchait furtivement dans la pièce à côté. Elle l'appelait :

— Maman, maman !

Seul lui répondait le léger ronflement de la Mère de Dieu que l'opium endormait profondément.

26

Un chien. Tous ses désirs se focalisèrent sur un chien.

— Pas de chien, avait décrété le Gobernator.

Or elle apprit qu'un bagnard cachait dans l'entrepôt même du palais du Gouverneur, juste au-dessous de chez elle, une chienne qui, elle-même, y avait camouflé sa portée. Mensonge et méfiance à tous les stades de la vie. Il y avait cinq chiots à liquider que le bagnard avait découverts trop tard, bien vivants et déjà sur leurs pattes. Il cherchait à les caser. Il lui fit demander si elle en voulait un. Elle accepta sur-le-champ. Il la conduisit auprès de la chienne et lui demanda de choisir.

Elle les voulait tous, mais pressée par le bagnard, elle désigna le gros jaune à la tête blanche, pour la même absence de raison qu'elle aurait pris le petit jaune avec la queue blanche ou l'autre blanc avec une tache jaune sur l'œil. Ils étaient tous hideux, tenant de leur mère, c'est-à-dire de la hyène, mère qui avait été elle-même le résultat d'un choix de ce genre. Au milieu d'une portée jaunâtre, le bagnard avait élu une hyène et Chrétienne choisit le fils de la hyène.

Le bagnard s'étonna qu'elle ne l'emportât pas avec elle, mais il comprit que par politesse les parents fussent d'abord prévenus. Opération à laquelle Chrétienne comptait se livrer dès le lendemain, au petit déjeuner où après une bonne nuit la Mère de Dieu serait plus détendue. Elle n'était pas là, et la mauvaise humeur du Gobernator, retenu à terre par quelque cérémonie officielle, fit pencher la balance vers un silence prudent. En allant caresser le chiot Chrétienne demanda un délai jusqu'au lendemain soir. Mais la Mère de Dieu, choquée par le pullulement indescriptible de chiens mangés par la vermine dans les rues, décréta que pour une meilleure hygiène publique, il fallait faire abattre tous les chiens errants.

Au bout de quelques jours, le petit chien demeura seul avec sa mère. Le reste de la portée avait disparu, les crânes fracassés sur les rochers, mesure d'humanité, avant d'être jetés à la mer. Du coup, le petit chien prenait une importance démesurée. Sauvé des eaux et destiné à vivre dans le palais du Gouverneur, sa présence avait quelque chose d'impérieux. Le bagnard se plaignait que le chiot, qui prospérait en buvant à toutes les mamelles, asséchât sa chienne. Il en était jaloux.

Il n'y avait plus à tergiverser, Chrétienne

rassembla toutes ses forces et passa à l'attaque :

— Je veux un chien.

À quoi la Mère de Dieu rétorqua qu'on ne disait pas « je veux » et que même le roi de France disait « nous voulons ». Cette réflexion laissait entendre qu'avec une syntaxe un peu plus louvoyante il serait possible de retenter le coup et d'emporter le morceau. Mais le Gobernator qui avait, lui, parfaitement entendu, dit avec cette voix blanche qui la faisait trembler :

— Il n'en est pas question.

Plongeant son regard très bleu, très froid, dans les yeux de sa fille, en détachant chaque mot :

— J'ai dit qu'il n'était pas question d'avoir un chien ici.

Et comme on le fait avec les débiles, les analphabètes et les crétins, il lui commanda de répéter ses mots dans l'ordre exact où il les avait prononcés. L'enfant dit :

— Il n'est pas question d'avoir un chien ici.

Le Gobernator ajouta :

— C'est bien compris ? Répète.

L'enfant dit :

— C'est bien compris.

— Amen, conclut le Gobernator.

Le bagnard finit par emporter sa hyène d'amour, il la musela et l'attacha à deux kilomètres de là dans un cachot en attendant que l'amour maternel lui passât avec le lait. Elle tira longtemps sur sa corde puis, un jour, elle fut de nouveau en chaleur. Il la battit puis la consola en la serrant dans ses bras. Dans l'entrepôt, le chiot brutalement sevré dépérissait. Chrétienne lui apportait du lait, tout ce qu'elle pouvait subtiliser à la vigilance de Saint-Jean.

— Tu aimes le lait, maintenant !

Elle ne savait pas le couper et déversait au fond de la gamelle une matière poisseuse, concentrée et grasse qui assoiffait le petit chien et lui ravageait les tripes. En quelques jours, il devint comme un fagot de brindilles sèches avec des touffes de poils jaunes qui se détachaient quand elle le touchait. Il y avait belle lurette qu'il ne lui faisait plus fête et pour avoir trop crié, il s'était cassé la voix. Il n'était plus qu'une mécanique essoufflée dont on se dit qu'après quelques ratés elle finira par s'arrêter.

Chrétienne ne venait plus voir s'il était encore vivant mais s'il était enfin mort. Le jour où les rats lui emportèrent la moitié de la gueule, c'en fut trop et elle demeura aussi pétrifiée devant le corps mutilé qu'elle l'avait été devant les têtes coupées qui étaient toujours là enveloppées de liquide comme d'une lumière translucide. Allant du côté des têtes pour éviter le chien, les trouvant moins effrayantes, toutes mortes qu'elles étaient, que lui qui demeurait vivant. Elle quitta l'entrepôt. Mais auparavant, elle avait craché tout autour du petit chien pour attirer les fourmis.

La vie était affreuse. Où qu'elle aille, elle ne pouvait oublier ce qu'elle avait vu. Elle espérait que les fourmis feraient leur travail avec promptitude, qu'elles effaceraient le corps, enlèveraient l'odeur, supputant à chaque instant l'ampleur et la rapidité de la besogne, mais ressentant au même moment la peur et le chagrin dans une combinaison qui tordait sa gorge et brûlait ses yeux. Les repas étaient atroces sous le regard du Gobernator, mais la nuit était terrible. Quand elle avait enfin décidé de l'avouer à la Mère de Dieu, elle avait appelé dans le vide.

— Maman! maman!

Personne ne lui répondit. Sa mère était partie pour de bon.

27

Branle-bas de combat au pied du palais, éclats de voix, rassemblement de gens, réactivation fébrile du bagne comme lorsque l'on monte l'échafaud. On avait découvert le petit chien, le corps mutilé, dévoré à vif, qui agitait spasmodiquement une patte sans que l'on sût s'il vivait encore ou si les fourmis qui l'habitaient remuaient son cadavre. Le froid monta dans le cœur de Chrétienne, il paralysait tous ses membres.

Son procès fut facile à instruire, elle avait trop envie d'avouer.

Ce qui ÉCŒURAIT le Gobernator, c'est le même mot qu'il employait pour le beurre sur le pain, le sucre dans le café et la nostalgie qui lui serrait la gorge, ce qui l'ÉCŒURAIT, c'était d'abord cet esprit de dissimulation, cette feinte construite, ce mensonge renouvelé. Elle pleurait et sur ses joues froides coulaient des larmes chaudes qui la brûlaient.

Ce que le Gobernator trouvait HORRIBLE,

c'est qu'elle soit allée, de dissimulation en trom-
perie, jusqu'au CRIME, car l'abandon d'un animal est un crime, et son crime était d'autant plus
atroce qu'elle avait continué à vivre comme si de
rien n'était.

Planchon la dit coutumière du fait et encore
ne comptait-il pas les poissons qu'elle laissait
mourir sur la plage. Le reste de la fine équipe,
sincèrement bouleversé par l'état du chien, pris
de cette sentimentalité envers les animaux de
compagnie qui reste la marque des plus démunis et des cœurs les plus endurcis, hochait la
tête. Comme ils l'expliquaient au Gobernator,
s'ils avaient su, si Elle le leur avait dit, ils auraient
adopté et soigné le chiot, mais MADEMOISELLE
n'en faisait qu'à sa tête. Elle préparait ses coups
en douce.

— Tu as gagné, continua le Gobernator, viens
le voir TON chien, viens regarder dans quel état
TU l'as mis.

Elle ne voulait pas voir, elle voulait, le roi dit
nous voulons, elle voulons vite, vite, que la punition arrive. Vite, vite, la règle et les deux briques.
Elle voulons, crucifiée, être battue à mort.

— Mais il n'est pas mort, constata le Gobernator. — Et se tournant vers elle : — Qu'est-ce
que tu proposes ?

Elle ne proposait rien. Qu'ON l'emporte
qu'ON lui frappe sur la tête, qu'ON lui écrase le
crâne, qu'ON le jette à la mer, que les requins le
BOUFFENT...

— Ce serait trop simple ! rugit le Gobernator

L'injustice, le malheur, la culpabilité lui revenaient, pareils à des décharges électriques contre lesquelles il luttait pour ne pas crier. Au nom de quoi se déchargerait-on sur les autres de ses saloperies? Au nom de quoi les INNOCENTS — il fallait voir la tête des innocents! — paieraient-ils pour les coupables? Si l'on n'est pas capable d'assurer la vie de ceux dont on est responsable, au moins doit-on avoir le courage de leur donner la mort. Il demanda son pistolet à l'ordonnance, l'arma et le mit dans les mains de sa fille.

— Voilà, dit-il, tu l'achèves.

S'il y eut dans sa vie une situation où elle espéra que les anges viendraient la délivrer, la faisant échapper par miracle au cauchemar, ce fut au moment où elle sentit entre ses doigts gourds le pistolet si lourd qui faisait tomber son bras. Mais Dieu n'envoya pas les anges. Puisqu'il ne les envoyait pas maintenant, elle comprit comme une révélation qu'il ne les enverrait jamais. Plus tard, beaucoup plus tard, alors que l'évocation de cette scène la faisait encore sangloter, elle se dit que c'était d'abord sur son père qu'elle aurait dû tirer, puis sur chacun des douze apôtres qui assistaient au spectacle, enfin sur elle, en plein crâne, pour le faire exploser une fois pour toutes, libérer la mémoire de ces images qui la brûlaient, et de celle-ci plus que toutes les autres rassemblées. Tuer le souvenir.

— Pas de commentaires, lança le Gobernator aux bagnards en tournant les talons.

Et la Mère de Dieu qui n'était pas là ! Chrétienne la cherchait dans chaque pièce et l'appelait d'un « Maman ! Maman ! » qui s'enfiévrait et s'amplifiait au fil de cette urgence absolue. « Maman ! », un cri de détresse. « Maman ! », un hurlement sauvage. Elle avait oublié que la Mère de Dieu était partie pour toujours. Elle l'avait définitivement abandonnée.

Chrétienne avait été éduquée par sa mère dans le mythe de l'apparition. Elle était au centre de leur foi et, la débordant, envahissait de ses signes l'univers concret. Un rayon de soleil prisonnier d'un miroir, le spectre d'un arc-en-ciel diffus et coloré qui dansait sur un carreau mettaient leurs cœurs en éveil, prêts à quêter les premières palpitations de la vision, le nimbe de la sainte présence, la lumière de l'auréole. Joue contre joue, main dans la main, le souffle retenu, elles attendaient que l'apparition se développât, comme un feu qui tremblote avant de prendre.

La disparition ne se maîtrise pas, elle vous saisit au ventre. Pourtant les intentions de la Mère de Dieu étaient avouées, elle n'avait jamais dissimulé qu'elle n'était là que de passage et que rien ni personne et surtout pas sa fille ne la retiendrait dans sa résolution. En épousant le Gobernator, elle n'avait pas créé un foyer. L'enfant avait été éduquée pour faire face, toute seule et très tôt, au monde qui l'entourait. Elle ne s'était pas complu dans ces tendresses mièvres qui tissent d'inextricables liens dont on ne se débarrasse jamais. Elle n'avait pas joué à aimer son enfant, car elle ne l'aimait pas, en tout cas pas plus que ses autres prochains et bien moins que ses lépreux. Elle avait accompli ce tour de force de ne point s'attacher tout en la détachant. L'avenir de Chrétienne, elle ne l'envisageait même pas, se contentant d'évoquer d'une pirouette le Seigneur qui nourrit toujours ses petits oiseaux.

Depuis le début, elle avait multiplié les indices de son dernier voyage, par ses brusques départs, ses retours différés, ses absences de plus en plus longues dont on se disait qu'elles finiraient par devenir définitives et surtout son impatience, qu'elle ne jugulait plus. La Mère de Dieu n'attendait qu'un signe, la tache blanche et insensible qui cachetterait son corps. Elle était apparue enfin sur sa cuisse, marque à peine visible qu'elle avait fait aussitôt constater. On l'avait déclarée malade, elle s'était proclamée lépreuse. Elle avait crié la nouvelle, exultant de joie. Elle partait. Dieu était au rendez-vous.

Chrétienne regagna son lit, dernier refuge quand on a tout perdu et que les êtres que l'on aime nous ont quittés. Et bien qu'il fît grand jour, elle borda soigneusement la moustiquaire. Le vide de la chambre s'adoucissait à travers le tulle d'une lumière perlée qui le rendait imprécis, laiteux et maternel. Elle regardait à travers le voile cet espace tranquille et lumineux qui l'apaisait presque autant que le flot des larmes qui ruisselaient sur son visage et trempaient son oreiller. Elle se sentait faible à ne pouvoir faire un mouvement, à prononcer une parole, juste bonne à pleurer malgré elle, comme si son corps devenu plante était enfermé au centre des racines, dans le cœur de l'arbre, et qu'il mourait étouffé mais sans souffrance dans une peine épurée de colère ou de révolte, une peine absolue qui ressemble à la béatitude des élus.

Elle ressentait une plénitude incommunicable autrement que par le délassement de tout ce que le corps noue, étreint, coagule, resserre, compresse mais qui, au lieu de déboucher sur la joie, la livrait tout au long de ses membres, dans le circuit sinueux de ses veines, au chagrin — mais le mot contient encore trop de douleur, l'affliction serait plus juste. Oui, c'était de l'affliction cachée entre les voiles d'un deuil qui plonge dans la source des larmes et qui va s'amplifiant le long d'un fleuve qui grossit paisiblement vers une mer étale jusqu'à l'infini. Un océan de malheur.

28

Elle était si blessée qu'elle restait allongée, un doigt dans la bouche, les yeux noyés de larmes. Sur le toit, la pluie frappait, crépitait. L'eau se cassait sur les bords de la véranda et jaillissait sur le sol où elle rebondissait. L'horizon avait fondu, on ne voyait plus les îles, on ne voyait plus la mer, on ne voyait plus le soleil. Rien que l'odeur de la pluie, de la terre, de la boue ; rien que la chaleur que l'eau ne dissolvait pas ; rien que la sueur qui roulait avec les larmes sur son visage et qui piquait ses yeux qui s'enfonçaient dans leurs orbites mauves.

Chrétienne pleurait, elle ne pouvait retenir ses larmes, qui ruisselaient le long de ses joues. Parce qu'elle était couchée tout son crâne en était baigné. Elles apaisaient la douleur qui s'y concentrait. Elles la bassinaient d'une eau sainte très douce qui calme les migraines, efface la mémoire. Elle fondait dans ses larmes comme les pécheurs qui se relèvent guéris et pardonnés après avoir été plongés dans la piscine. Elle était devenue une petite, toute petite source et sa mère qui était une sainte avait accompli là son premier miracle, creuser une source dans le cœur de son enfant, une source intarissable comme on en voit dans les livres de dévotion.

La chambre vide se peuplait des signes de l'absence éternelle. La nuit et le jour s'engouffraient dans l'énorme pièce où la pluie avait poussé des millions d'insectes fous qui abandonnaient sur le sol le tapis craquant de leurs ailes opalescentes. Dans les angles, les araignées, hirsutes comme des chardons argentés, tissaient leurs toiles invisibles. Des lézards dont le cœur sombre battait sous la peau transparente couraient le long des murs blancs où s'inscrivait la reptation brillante de petits escargots gris. Chrétienne saisit un escargot qui déroulait son pied pâle, elle le tint un moment entre ses doigts pour exciter ses cornes translucides que perçaient les minuscules points noirs des yeux et puis irrésistiblement elle se l'appliqua sur la bouche. En se rétractant le pied de l'escargot se serra sur ses lèvres, les enferma, les suça d'un baiser froid et mouillé. Maman, je t'aime.

Chrétienne resterait seule désormais dans le palais du Gobernator. Les bagnards la fuyaient, elle leur foutait la trouille. Comme les fourmis, les mouches et les charognards, ils savaient qu'elle allait mourir et la mort leur faisait peur. Elle s'en rendit compte, un après-midi, alors qu'elle souffrait de douleurs d'entrailles si fortes et si incontrôlables qu'on avait posé près de son lit un seau de zinc semblable à celui dans lequel on avait transporté la charogne. Elle était assise sur le seau trop large qui lui sciait les cuisses, nue avec cette peau marquetée que donne le froid de la fièvre après les sueurs brûlantes, le ventre secoué de spasmes qui la pliaient sur des tranchées sèches. Elle restait la bouche ouverte sur un cri qui ne sortait pas, terrifiée à l'idée de se lever et d'apercevoir ce qu'il y avait dans le seau, n'ayant plus de larmes et pour finir défaillant de fatigue, jetée à terre près du seau qui s'était renversé.

Elle fut malade comme un chien. En quittant le cadavre, toutes les maladies du chiot s'étaient ruées sur elle. Elle attrapa la gale et son corps se couvrit de plaques rouges qui ne s'atténuèrent que lorsqu'on la plongea dans une bouillie verte et âcre en la brossant au gant de crin. Sur la peau à peine reformée des furoncles apparurent, ils tiraient et pulsaient si douloureusement qu'elle avait l'impression qu'ils vivaient et mangeaient son sang. Ils s'indurèrent profondément dans la chair qu'ils creusaient et bloquèrent ses articulations. Elle ne pouvait plus ni s'asseoir ni marcher. Après la cire chaude destinée à amollir le bubon, on eut recours au bistouri. Elle hurlait.

Ses cuisses restèrent marquées de profonds cratères et d'estafilades blanches. C'est, croyait-on, ce qui était à l'origine de l'affaiblissement de sa jambe droite qui en avait souffert plus que l'autre et qui s'était mise à dépérir puis à tourner en dedans de telle façon qu'elle n'avançait plus qu'en boitant. C'est alors qu'elle fit une connaissance autrement que théorique avec la puce-chique qui gangrène en silence son territoire et le ver-de-biche qui circule sous la peau et dont on a toujours peur qu'il ne plonge dans le cœur ou ne monte à la tête. Son corps était devenu la proie de minuscules ennemis qui l'occupaient et la ravageaient comme si elle était morte. Elle avait vu la danse frénétique des charognards près des cadavres, elle avait vu l'alerte immédiate des fourmis autour d'un oiseau tombé, elle avait vu l'imparable piqué des mouches sur un animal endormi. Ces animaux ne se trompaient jamais, elle craignait que les siens, aussi petits qu'ils fussent, ne se trompassent pas davantage et qu'elle ne fût morte sans le savoir.

Elle perdit ses cheveux et au-dessus de son crâne pelé, les médecins consultés hésitaient. Elle décourageait le diagnostic. Après les maladies des animaux, elle avait attrapé celles des végétaux. Ils ne reconnaissaient pas la pelade des ébéniers, l'érysipèle des cotonniers, le chancre des mangliers et regardaient dans leurs tubes à essai fleurir des dentelles molles, des herbes dures, des algues effrangées qui ne leur disaient rien qui vaille.

Appelé à la rescousse, Dédé la soigna. Il la tint dans ses bras, la serrant fort sur son torse. Il voulait lui réchauffer le cœur, faire passer par la peau, par le souffle, cette vie qui l'habitait. Il la pansa, sans gaze ni coton, avec la pulpe de ses doigts, la chair de ses mains. Il resta contre elle, joue contre joue, il la couva.

— Ma poupée, lui disait-il, ma toute petite.

29

Des signes montraient qu'elle reprenait vie. Dédé sentait refleurir sa force vitale. Par expérience, il était sensible à cette énergie qui se dégage de certains corps pourtant plus atteints que d'autres et qui lui faisaient pronostiquer que celui-ci vivrait et que celui-là, moins atteint en apparence, ne passerait pas la nuit. Il sentait que, chez Chrétienne, l'âme aux aguets réintégrait le corps amaigri, boiteux et enlaidi, qu'elle montrait même de l'impatience à reprendre le jeu extraordinaire de la passion, de l'amour et de l'émerveillement. Cette âme qui s'était égarée sur les crapauds, les poissons-chats, les bagnards, les têtes coupées et les nains de cirque ne demandait qu'à poursuivre son aventure, à continuer d'inventer, de jouer avec les mots, à ramasser les chiffres tombés au combat.

En revenant à la vie, elle avait réclamé son livre de contes. On ne le retrouvait pas. Planchon lui montra sa main grande ouverte et la ferma comme s'il froissait une feuille de papier :

— Aux chiottes !

Monsieur le Vent et Madame la Pluie, vagues souvenirs d'un monde raffiné et précieux, gisait au fond d'un trou, souillé feuille à feuille.

Dédé lui apporta un catalogue et une paire de ciseaux de chirurgie, presque des pinces tant la lame était courte au bout des longues branches. D'abord elle ne s'intéressa qu'aux ciseaux dont elle faisait jouer le bec dans le vide et puis l'idée lui vint qu'elle pourrait les essayer sur les pages du catalogue. Elle se mit à découper les silhouettes élégantes de dames et de messieurs et ne s'arrêta plus. Elle avait commencé par une famille, père, mère, enfant, qu'elle équipa de pied en cap avec les ressources extraordinaires du catalogue, où l'on trouvait les trousseaux les plus complets, des vêtements pour la chasse et pour la pêche et même pour des promenades en automobile. Elle n'en finissait pas d'améliorer leur garde-robe ou l'aménagement de leur maison, car le catalogue fournissait, jusqu'au superflu, des services à porto en cristal de Bohême, des nappes brodées, des chancelières, des bracelets contre les rhumatismes, des ceintures pour le ventre, des cannes-épées, des fers à friser, des jeux de cartes, des laisses et des muselières pour les chiens, des cornes de brume et des cors de chasse.

Chrétienne découpait, dans un entraînement maniaque. Elle découpa autant de familles que pouvait en fournir le catalogue, avec, à la fin, des hommes et des femmes dont elle coupait les

176

jambes pour en faire des enfants. Des familles qui se jalousaient l'unique machine à faire le cidre chez soi, ou le lot de cinq cents bouchons. Elle eut une famille richissime, qu'elle logeait sous son lit, en butte à la convoitise de toutes les autres, qui avaient élu domicile sous chaque chaise de la salle à manger et sous chaque fauteuil du salon. À quatre pattes, elle négociait interminablement l'échange d'un fer à repasser spécialement conçu pour les cols de chemise contre une bouilloire électrique anglaise ou des rideaux à jours simples. Ses moyens s'épuisaient, car le catalogue ne contenait plus que des tenailles et des vis.

Cet équilibre économique et social était si difficile à défendre qu'elle ne supportait pas qu'il fût perturbé de l'extérieur. Quand les bagnards qui lavaient les sols se pointaient pour faire leur travail d'inondation comme si ce qui se passait dehors ne suffisait pas, elle les expulsait, de cette voix aiguë et désaccordée qui ne lui appartenait pas, avec toutes les injures qui la hantaient.

— Je te crève, moi ; je te tue, moi ; je t'étrangle, moi ; je t'égosille, moi ; je te perce de mon couteau, moi ; je t'explose, moi ; je te balance, moi ; je t'infecte, moi ; je te cisaille, moi ; je te fous aux requins, moi.

Ils abandonnaient la partie, avec sa taille qui s'était rapetissée d'une tête, ses kilos en moins, elle montrait une force et une violence qui les terrorisaient. Ils apprirent à vivre avec les mille découpages qu'ils découvraient dans les endroits les plus étranges comme des explorateurs qui trouvent au cœur de la forêt des signes, des totems, des flèches qui leur disent qu'ils ne devront pas aller plus loin. Il y avait des lieux dans le palais du Gouverneur qui s'appelaient désormais la « plage », la « montagne » ou la « terre Adélie ». Il y avait, dans une pièce réservée à « Paris », un dancing : le « Tango's ».

Seul Saint-Jean lui tenait tête, il venait la chercher.

— Allez, la Miss, au boulot.

Elle ne voulait pas.

— Dictée, grammaire, calcul ?

Elle ne voulait pas.

— Histoire sainte ? Bible ?

Elle ne voulait pas. Non, elle en avait marre des seins coupés, des nez coupés, des langues coupées, des bras coupés, des jambes coupées, des mains coupées, des oreilles coupées, des têtes coupées...

— Des têtes coupées que les meilleurs des saints portent poliment sous leurs bras comme des chapeaux ?

— Non, les têtes coupées des saints d'en bas qui baignent dans du formol.

— Alors sainte Blandine, juste pour le taureau.

— Non.

— Saint Daniel et son beau lion.

— Non.

— Jeanne d'Arc et son cochon d'évêque.

178

Elle ne voulait pas, elle le disait fermement en secouant sa tête chauve qui se réduisait à un poing, elle le disait les yeux fermés, la bouche close.

— Alors la géographie ? Seulement pour faire voyager les familles ?

Ça, elle voulait bien et allait jusqu'à la chambre du Gobernator prendre ses cartes de marine.

Cayenne est une île, commentait Saint-Jean, que l'on ne peut quitter que par la mer ou par la jungle. Les deux options avaient leurs avantages et leurs inconvénients. Option un, la jungle, tentable à condition d'avoir une boussole, mais à la saison sèche avec des conserves en grande quantité, autrement c'était l'enlisement dans le pripri, la faim, et les familles se seraient dévorées les unes les autres. Option deux, la mer, a priori, aucun problème, il suffisait de se laisser dériver par les courants qui poussent du sud au nord. Encore fallait-il les situer, ne pas s'éloigner trop de la côte, passer les zones de boue et de hauts-fonds, éviter le phare. En fait le radeau semblait périlleux...

— Pourquoi, interrompit Chrétienne, les familles prendraient-elles un radeau ? Elles iront en paquebot.

Chrétienne dut reconnaître qu'il n'y en avait pas de paquebot dans le catalogue et devant cette déficience se rabattre sur une barque de pêche qui fascinait Saint-Jean. L'option deux semblait la bonne. Saint-Jean, la carte à la main, y travaillait avec la concentration que réclament les grands desseins. Bientôt Chrétienne entendit au fond de l'entrepôt le bois qu'on martelait. Avec toutes les caisses qu'il contenait, ils avaient de quoi construire la barque qui allait sauver ses familles. À moins qu'à la façon des légendes bretonnes, elle n'emportât seulement les têtes pour qu'en dérivant, aussi rapides que des nuages, au fil des courants, elles fissent sur quelque rivage ignoré les miracles pour lesquels elles avaient été tranchées.

30

La fine équipe mit les voiles. Elle s'éclipsa au dernier coup de marteau. Un silence pesa soudain sur le palais du Gouverneur. Ce n'était pas une évasion improvisée, les bagnards avaient emporté médicaments, vivres et cartes marines. Saint-Jean avait tout mis au point, profitant d'être dans le saint des saints pour déjouer les soupçons. Le Gobernator s'interrogeait sur des hommes en qui il avait mis sa confiance jusqu'à leur abandonner l'éducation de sa propre fille. Pourquoi l'avaient-ils trahi de façon si déloyale, le prenant à revers comme un ennemi, refusant le combat, tapis au fond de leurs tranchées pour sauver leur peau, inertes, avec le bruit de la pluie sur leurs capotes huilées et le jaillissement de l'eau sur leurs casques de fer ? Il avait commandé à une armée insoumise et prostrée qui mimait la mort pour sauver sa vie.

Le Haut-Commissaire n'était pas fâché de reprendre son topo et d'expliquer :

— Un bagnard est un bagnard...

— Mais ils avaient accompli leur peine. Ils ne risquaient plus rien. À fuir, ils perdaient tout.

— Ils avaient la cavale dans le sang : tenter encore une fois l'évasion mythique, dompter tant qu'ils en avaient la force la forêt et les serpents, la mer et les requins. Devenir célèbres, devenir riches, dépasser le destin, ne pas finir comme des domestiques même déguisés en généraux.

La société de Cayenne s'enflamma, les évasions la faisaient rêver, chaque individu en caressait une dans son cœur. Contrairement aux bagnards, les fonctionnaires de Cayenne savaient qu'ils ne pourraient pas partir avant la fin d'un séjour qui s'éternisait. Ils se défoulaient. Ils racontaient les rivières qui poursuivent les fuyards en changeant leur cours et en noyant les îles où ils ont trouvé refuge, les sables mouvants qui en lente déglutition avalent leurs proies, les grands arbres d'Amérique qui soulèvent et étouffent les fugitifs dans leurs branches puis les déchiquettent avec leurs racines, dévorent la chair et sucent les os que l'on retrouve blanchis et récurés comme des lanternes mortes.

Chrétienne se souvint des bordels de Caracas, des filles presque blanches qui balancent comme des éventails les volants rouges de leurs robes noires, des dentiers faits de pépites d'or, la drogue dans des sacs de farine, les orchestres de samba qui jouent toute la nuit, toute la vie, des chiens savants qui portent des lunettes et lisent le journal, un homme si riche qu'il se lave les mains avec du vin de Bordeaux et un autre qui a fait carreler sa maison avec des louis d'or.

Elle était heureuse que les bagnards se soient fait la malle. Elle était soulagée que Saint-Jean ait vidangé sa cuisine de ses déchets sanglants, reliefs de la torture des saints dont il aimait raconter les supplices. Il fallait bien qu'il enfermât ailleurs, dans quelque reliquaire géant, les souffrances immenses qui criaient jusqu'au ciel. Elle était ravie qu'il eût pensé à emporter son horrible zombic dont elle décrivit la tête chauve et aveugle, la dure érection contre les cuisses nues, la bave qui humectait sa bouche.

Son père prit pitié. Elle était née de la guerre et de la lèpre, arrachée à sa mort, excroissance inouïe dans un ventre de vierge, elle aurait dû mourir en lui, avec lui, sur le tas de cadavres, elle aurait dû mourir encore dans le sein étréci de chasteté de sa mère et elle avait vécu. Elle était un miracle qui avait tourné à la malédiction, un espoir désespéré, un bonheur malheureux. Elle ressemblait aux pires de ses cauchemars lorsque l'éclat des balles fusait dans son cerveau détruit ou aux rêves de sa mère dérangée jusqu'à la folie par l'obsession de sa rédemption lépreuse. En regardant sa fille, le Gobernator se disait que la Mère de Dieu s'était trompée en cherchant la lèpre dans les confessionnaux derrière des rideaux de toile raides de crasse, elle avait germé dans leurs ventres, elle habitait sous leur toit, elle les avait infectés, ils se l'étaient refilée désespérément comme une maladie mortelle et maintenant elle était là, morveuse, pelée, avec sa voix rauque et étouffée. Hideuse à mourir.

Il ne pensait qu'à la façon dont il armerait la *Marie-Lise* pour son premier voyage, pour son dernier naufrage ; par quels courants, sous quels vents, il ferait crier sa charpente ; dans quel goulet de rivière, vers quelle passe étroite, il déchirerait ses voiles ; sur quel haut-fond, sur quels récifs, contre quels rochers noirs il briserait sa quille. Et naufragé, sous quelle souche son corps pourrirait, à quel poteau grossièrement colorié il serait attaché, des flèches plein le corps. À moins qu'il ne fût d'abord le prisonnier d'un soldat perdu, l'esclave blanc d'un nègre marron, le forçat d'un forçat et que, condamné à mort, on ne le crucifiât sur un arbre ruisselant de sève rouge avec des prières abominables récitées par un renégat désespéré et farouche. Il n'aurait plus de nom. Les morts n'ont pas de mémoire. On suivrait un moment la forme de ses voiles, la trace de la quille et puis le ciel et la mer l'absorberaient pour ne le rendre jamais.

31

Un télégramme officiel annonça à sa famille la nouvelle de la disparition du Gobernator, perdu corps et biens, plus l'équipage, plus l'ordonnance.

Les parents de la Mère de Dieu ne comprirent rien à la dernière lettre qu'elle leur avait envoyée dans la précipitation et dans la joie du départ. Le papier moisi avait souffert de la mousson. Sur le pont du bateau, des paquets de mer avaient transpercé le sac du courrier, torché les enveloppes, mélangé les encres. Ils examinèrent le papier détrempé où l'encre diluée effaçait les lignes. Ils mesurèrent à l'aspect de la lettre la situation de leur petite-fille, car par quelques mots sauvés çà et là, c'est bien d'elle qu'il s'agissait.

Les familles se réunirent dans l'urgence. Elles se jaugèrent et se trouvèrent qui trop âgée, qui trop malade pour accueillir l'enfant. Elles accentuaient les signes de leur fatigue, les symptômes de leur maladie Elles exagéraient les vertiges qui les poussaient à se raccrocher aux cheminées de marbre, ébranlant au passage des guéridons léviteurs qui faisaient parler des morts que l'on n'interrogeait plus. Elles fermaient les yeux comme si une lumière trop vive jaillissait entre les rideaux soigneusement tirés, derrière les volets obturés. Et quand elles s'asseyaient, les tasses grelottaient entre leurs vieilles mains veinées. À force de s'être préparées chaque soir à la mort, à force d'avoir chaque matin supplié le Seigneur de leur accorder le dernier voyage, elles avaient renoncé au monde et la vie leur pesait.

D'un commun accord elles regrettèrent l'existence de Chrétienne qui les poussait à différer leur grand désir du néant. Elles déploraient du même coup le destin de l'homme et de la femme qui lui avaient donné naissance. De quoi cela avait-il l'air ? Chacune critiquait le sien.

— Prendre la mer, pour un artilleur… ! bougonnait la famille du Gobernator.

— Finir lépreuse, quelle obstination ! gémissait la famille de la Mère de Dieu.

— Tout cela pour laisser un enfant malade ! une fille, maugréa un grand-père.

— Une créole, peut-être une négresse, objecta une grand-mère qui pensait que la peau noire s'attrape au soleil.

Monseigneur apporta une note d'espoir. Il profiterait de sa position au Vatican pour faire examiner le cas de sa sœur et la faire inscrire sur la liste des bienheureux missionnaires.

— Tu l'as dit aussi pour ton frère, objecta sa mère.

Elle désignait du doigt le trou où l'ermite faisait souche. Les lenteurs de l'Église lui laissaient sur les bras un fou, une lépreuse et une orpheline, au lieu qu'avec un peu plus d'ardeur et de conviction Monseigneur aurait pu lui faire l'hommage de deux saints déclarés. Dans l'arbre généalogique qui lui avait poussé dans le cœur, elle déplorait que ce bourgeon gonflé, en attirant toute la sève à soi et en la retenant dans les plis de sa soutane écarlate, ait asséché les rameaux voisins. Elle n'aimait pas son gros prélat mais elle déplorait aussi la conduite de sa fille. Qu'elle ait enfanté, ne serait-ce qu'une seule fois, jetait le doute sur sa sainteté. On regarderait la sainte au ventre et le ventre la trahirait. Et puis l'opium! La sainteté était une opération à vif, sans anesthésie!

— Ils vont mourir bientôt, dit Monseigneur pour consoler sa mère. Une fois morts, cela sera plus facile.

— Si tu le dis, maugréa la vieille dame pleine de suspicion.

Pour montrer sa bonne foi, Monseigneur dit qu'il s'occuperait de l'enfant, la ferait admettre dans la meilleure des institutions.

— Puisque tu t'en charges…

— Tout est arrangé, annonça Dédé à Chrétienne. Tu vas te sortir de là, on va te rapatrier.

À ce mot, les étendards se levèrent dans le

cœur de Chrétienne pour une cérémonie de gloire et de deuil. Des hommes émus s'inclinaient devant des monuments aux morts crêtés de coqs empanachés, drapés de gerbes enrubannées, pendant que résonnait la sonnerie aux morts. Elle se sentait trop faible pour être rapatriée, pour passer avec dignité entre les haies d'honneur, les mutilés de guerre et les veuves noires qui retiennent par l'épaule des petits garçons en culottes courtes.

— Je ne sais pas si je pourrai, dit-elle à Dédé qui lui tenait la main. Enfin si je pourrai maintenant.

Il lui pressa la main pour la rassurer et puis la retourna pour en lire les lignes.

— Tu pourras, assura-t-il, tu pourras tout à fait.

— Mais est-ce que j'aurai les habits noirs?

Il lui venait à l'esprit qu'on ne pourrait pas la rapatrier dans les oripeaux du bagne.

— Ne t'inquiète pas, tu iras dans une institution.

— Pas Sainte-Marie.

— Pas Sainte-Marie, ni Saint-Laurent, ni Saint-Louis, ni Saint-Maurice, ni Saint-Augustin, ni Saint-Philippe, dit-il en riant. Non, un magnifique couvent, quelque chose de somptueux, le paradis sur terre, Saint-Mort!

— Saint-Mort! Je croyais que j'allais être rapatriée!

— Tu seras rapatriée et puis après tu iras chez les dames de Saint-Mort.

188

— Ah ! répondit-elle.

Un froid mortel l'avait saisie, aussi net que celui qui envahit le condamné quand il comprend qu'il y passera, qui se l'est entendu dire et redire, qui y consent enfin et peut-être s'en réjouit, qui en a certainement plaisanté, qui a exigé, un jour ou l'autre, qu'on lui tatoue autour du cou le pointillé fatal ; que le froid envahit quand la porte de fer grince et quand dans son demi-sommeil il aperçoit son avocat, et derrière le procureur et le prêtre. Brusquement redressé sur son séant, les yeux hors de la tête, maintenu par son avocat : « Soyez courageux. »

— Ce sera bien, dit Dédé en lui tenant la main qui fuit, qui se recroqueville, qui se glace, qui meurt.

Alors, exige le condamné, alors du papier, un crayon, du rhum, des cigarettes, il connaît ses droits, il sait sa fin.

— Alors, réclame Chrétienne, le Chinois, tout de suite et pas plus tard.

— C'est d'accord, dit Dédé.

Et si on lui accorde l'impossible, c'est la preuve qu'elle va mourir. Elle ferme les paupières.

32

Tang était sur le pas de la porte, Dédé le poussait pour le faire avancer.

Il voyait, couché sur le lit sous la moustiquaire, le corps de sa mère défunte, il l'observait très curieusement, avec un mélange de bonheur et d'effroi, cet immense chagrin qui nous submergerait si les morts que nous continuons à pleurer nous étaient rendus. Il lui en voulait beaucoup de l'avoir abandonné si tôt. Tout seul à faire ses premiers pas entre les pattes des éléphants, sur le fumier des ours, sans compter la période de nursery qu'il avait passée dans la cage des singes, à supporter leurs incessants va-et-vient, leurs colères électriques, leurs épouillages frénétiques, leurs amours indifférentes et mécaniques. Le même jour, une vieille femelle l'avait pris comme nourrisson le forçant à téter ses mamelles flétries, et un gros mâle lui avait montré les crocs pour qu'il ne s'approchât pas de la guenon rousse qui avait ses faveurs.

Avec les otaries, il avait eu froid et il n'aimait

pas leurs jeux qu'elles annonçaient par des cris gutturaux. Aux premiers aboiements, il savait qu'il allait passer un mauvais quart d'heure. Il se roulait sur lui-même au bord du bassin, la tête dans les épaules, les jambes dans les bras et attendait qu'elles eussent fini leurs stupides plaisanteries. Dans leurs gorges palpitantes, elles faisaient glisser un poisson puant qui leur infectait l'haleine et dont il devinait les soubresauts à chaque étape de leur lente déglutition, car ces voluptueuses garces n'avalaient pas avidement comme les spectateurs le croyaient. Elles se caressaient le conduit digestif, faisant durer le plaisir, bloquant le poisson à mi-course, le remontant d'un rot, le lâchant d'un coup, accélérant sa route vers l'estomac et le fermant à son arrivée pour s'en délecter encore. C'étaient de grandes jouisseuses, se caressant pile et face, fourrure et doublure. Et encore le poisson était mort. On ne dit pas les voluptés qu'elles se seraient offertes avec un gardon bien vivant, palpitant et argenté qui aurait coulé dans leur gorge comme au fond d'un trou d'eau pour faire des arabesques qui auraient secoué de frissons leurs ventres rebondis.

Il fallait qu'elle le sût. La situation ne s'était pas améliorée lorsqu'il était passé tout gluant du bassin des otaries à la caravane de peluche rouge des chiens. En apparence le confort était meilleur, le sec, le chaud, des meubles comme pour les humains, des fauteuils de bois doré, des napperons en têtière sur des canapés, des napperons encore sur des tables basses et des jouets de caoutchouc, de petites chaussures noires et luisantes, des cactus roses, une souris grise, le tout dispersé sur un tapis orange. Il aurait pu trouver sa place, se tenir pour une fois le dos droit, les jambes ballantes sur l'un de ses fauteuils mais les chiens ne le laissèrent pas faire. Ils avaient des habitudes, ils étaient jaloux et vindicatifs sur ce sujet comme sur bien d'autres d'ailleurs. Tout nouveau qu'il était, il les comprenait mal, plus mal encore que la société sexuelle des singes ou le groupe avide des otaries.

Ce n'est que beaucoup plus tard quand il rencontra la société des femmes, qu'il comprit celle des chiens. Elles avaient la même incohérence fondamentale, les mêmes pulsions hystériques, elles passaient comme eux du rire aux larmes, du rêve au cauchemar, de l'abandon à la fébrilité. Comme eux, elles se faisaient prier, comme eux il fallait les flatter, comme eux on devait les supplier de rester ou de revenir et puis quand, las, on les laissait partir, elles vous sautaient sur les genoux, cherchaient votre bouche pour de longs baisers goulus, d'autant plus appuyés que vous vous refusiez. Toujours la langue en avant pour vous la glisser le long des joues, pour vous l'enfiler jusqu'au fond de la gorge à vous faire vomir.

Il avait un dégoût particulier pour les odeurs mais à tout prendre il préférait la transpiration épicée des singes, le poisson pourri des otaries au parfum des chiens et des femmes qui sortait d'une bouteille rose, un arôme infect destiné à couvrir un relent ignoble qu'il n'avait jamais réussi à déterminer. Ce n'était pas une odeur ordinaire comme la merde, l'urine ou la sueur, ni même un remugle fauve ou corrompu, ça il l'aurait reconnu, le cirque l'exhale à des kilomètres à la ronde. Non, il ne le savait pas. Tout ce qu'il avait appris sur les chiens et sur les femmes c'est qu'on les parfumait, on les poudrait, on leur vernissait les ongles.

Pendant longtemps, il n'avait pas su qu'il était un être humain. Mais s'il s'était adapté tant bien que mal à chaque groupe d'animaux c'est que, dans le cirque, ils n'étaient plus des animaux. Ils vivaient dans des roulottes, derrière des grilles, avec des fouets. Ils voyaient défiler des paysages et sur la piste ces centaines de visages perdus dans l'ombre, ces centaines de mains qui applaudissaient. Les hommes, ce furent d'abord, pour lui, les monstres. Les Tottotes qui se partageaient une seule tête et qui vivaient en bonne intelligence de bras et de jambes et les Tittites qui avaient deux têtes au bout de leur corps unique et qui s'engueulaient toujours. Les animaux lui semblaient d'aspect plus harmonieux.

Il n'avait pas compris en quoi les clowns, les acrobates et les musiciens étaient supérieurs aux animaux. Sur la piste, tout le monde à la même enseigne, mais il voyait bien que les animaux avaient plus de succès. On échangeait les rôles.

La femme qui faisait la toupie au centre du chapiteau n'était pas plus une femme que l'otarie en tutu qui l'applaudissait pour le prix d'un poisson. Les acrobates jouaient aux oiseaux. Mais les éléphants restaient des éléphants, les lions des lions, les tigres des tigres.

C'est au bagne qu'il apprit qu'il était un homme et cela n'y changea pas grand-chose, ce fut d'abord les mêmes grilles, les mêmes cachots, les mêmes fouets, les mêmes cris que dans les cages. L'espèce était moins belle, moins joueuse et plus cruelle. Sa petite taille le sauva, ici comme là-bas quand les animaux le flairaient avec répugnance pour le rejeter comme un non-semblable.

Il lui en voulait et, couchée de tout son long, la tête enfoncée dans ses oreillers, elle lui faisait pitié. Il lui apportait un ruban de satin rouge, aussi long et aussi brillant que celui qui retenait le cerf-volant qui leur avait sauvé la vie. Car à l'instant de sa naissance, lorsque sa mère, bousculée par une urgence inconnue, tomba à terre, tenue aux épaules par le poids du ciel qui l'empêchait de bouger, un corbeau noir se mit à voleter autour d'elle avec cette persévérance appliquée de la race quand elle a senti la charogne, mesurant ce qu'il faudrait de tours pour pouvoir piquer et s'emparer du morceau.

Prisonnière de la tempête qui la secouait, la petite fille surveillait sous sa frange noire l'implacable ronde du vautour qui vint planer au dessus du corbeau, signalant qu'il ne s'intéressait pas seulement à ce qui lui sortait du ventre mais à elle-même toute couverte de sang, qu'il l'emporterait dans ses griffes. Et au moment où tout était perdu, elle vit surgir au-dessus du corbeau, au-dessus du vautour un cerf-volant, un vaste papillon bleu retenu par un fil rouge.

— Je le lui donnerai, expliqua Dédé.

33

La barge du bagne de Cayenne lança l'un après l'autre les trois coups de sirène réglementaires qui, résonnant sur toute la ville, disaient que le bateau du courrier allait partir. C'était un son profond, grave et plaintif, un barrissement désolé qui crevait le cœur comme un cri d'abandon. Il n'y avait personne qui ne fût saisi en l'entendant d'une tristesse profonde, d'une envie de départ, d'un désir de fuite qui était surtout un grand besoin de retour. À l'intérieur du bagne la sirène du bateau qui s'en allait résonnait lugubrement comme une condamnation de plus.

Au moment du départ, la foule envahissait la jetée de bois qui avançait dans la mer. On venait voir qui partait. On agitait des mouchoirs, les femmes pleuraient. On descendit la malle du Gobernator qui était tout ce qui restait de lui, et on la posa à l'avant de la barge. Dédé prit l'enfant dans ses bras et l'installa sur la caisse. Il l'avait faite très belle avec une profusion de rubans de satin rouge aux chevilles, autour du cou et aux poignets, et deux pépites d'or qui pesaient à ses oreilles. Il s'assit près d'elle et lui entoura les épaules de son bras.

Elle posa sur ses genoux les chaussures que sa mère avait oubliées, elle les consolait comme des animaux perdus, boueux et blessés. Elle regardait sur la semelle l'empreinte des pieds de la Mère de Dieu, la brûlure sur le cuir dessinait le talon et la forme de ses doigts. Elle pensait aux longues jambes, au ventre lisse que le tablier blanc serrait aux hanches. Elle voyait ses mains impatientes aux ongles courts, mais elle ne se rappelait plus sa tête, la couleur de ses yeux, la forme de son nez, l'épaisseur de sa bouche. Il n'y avait que le voile qui s'incrustait dans son front, qui flottait sur ses épaules. Quant à son odeur, il lui était impossible de la retrouver.

La barge s'éloigna lentement, elle longea longuement le palais du Gouverneur immense et jaune qui dominait la mer. Chrétienne repéra devant le minuscule espace vaseux où elle avait souvent joué la petite plage envahie par les branches noires des palétuviers que le sel avait tués. Ils suivirent la côte où la mer marquait sur le sable une nappe lie-de-vin que le soleil frappait par endroits de taches violettes, puis très vite les plages disparurent sous le moutonnement sombre et serré de la forêt vierge qui, au-delà des marais, barrait l'horizon. Tout un pays s'éloignait, tout un continent disparaissait dont elle n'avait connu au bord d'une ville qu'un petit espace de boue et, derrière des murs et des grilles, des baraquements sinistres, et cela lui donnait le tournis comme la fragilité rudimentaire de la barge de tôle dans l'océan que la houle commençait à secouer.

À l'avant de la barge elle avait la gravité religieuse de ces figures barbares, muettes et indéchiffrables que les Indiens couvrent d'ocre, de plumes et de coquillages pour s'assurer leur mansuétude. Dans la cage verte qu'on avait hissée comme un fanal, le crapaud lui faisait, à l'arrière, une sorte de contrepoids magique. Elle le regardait sans le voir. Les images se dissolvaient dans les embruns qui agitaient, tout autour du bateau, une brume d'eau, dans une lumière de soleil, dans le passage rapide des nuages, le bruit des vagues et le roulis du bateau.

— À quoi penses-tu? lui demanda Dédé.

Elle ne pensait à rien. Elle avait même du mal à retenir ce qu'elle voyait, c'était comme ce moment qui précède l'endormissement où les images incohérentes se bousculent avant que le sommeil ne fasse le vide. Les images se brouillaient, et sa tête n'était qu'une poche percée dont les souvenirs et les sentiments fuyaient irréversiblement. Ils se débattaient comme des poissons vivants sur le plancher du bateau, elle surprenait leur sursaut brillant et puis ils glissaient dans l'eau et se perdaient au fond de l'océan de boue.

— Tu as peur? demanda Dédé, qui lui caressait la figure.

198

Elle avait eu très peur, elle avait eu tout le temps terriblement peur mais, maintenant, elle ne savait plus de quoi. La peur s'était installée dans sa tête, elle avait allumé ses feux rouges qui étreignaient le cœur et glaçaient les muscles. Elle était passée au-delà, et derrière la peur elle découvrait un espace silencieux et vide, un désert frappé par la mort où le ciel roulait sur un sable blanc.

— Tu es triste ? lui demanda Dédé qui enlevait sur sa joue un cil, comme une larme. Tu es triste.

Elle ne l'était pas non plus. Ses larmes avaient arrosé la jungle, elles avaient noyé des territoires entiers dans de grands lacs salés dont on n'apercevait plus à la surface stérile que le fût des arbres morts.

La barge luttait contre les vagues, elle allait quitter le cercle de l'Amazone pour gagner l'océan profond et l'Amazone refusait de la laisser partir. À l'horizon, on apercevait le grand transatlantique figé au milieu de la mer, que le soleil frappait à la verticale et qui paraissait noir sur le ciel bleu. La barge pleura et le bateau lui répondit d'un cri vaste et profond. La barge pleura encore et le bateau l'assura qu'il était là, qu'il l'attendait. Elle se cabra au-dessus des vagues et se délivrant d'un seul coup de l'Amazone, elle entra dans les eaux bleues où le grand bateau la conduisait en l'aidant de petits cris de reconnaissance. Elle se colla à son flanc.

On hissa la malle du Gouverneur, et les marins saluèrent en sifflant sa lente progression le long de la coque du paquebot comme s'il s'agissait du cercueil même du Gobernator. Quand ce fut le tour de Chrétienne, Dédé la posa sur la première marche de la passerelle. Elle resta un moment immobile cherchant son équilibre et il crut qu'il la garderait toujours, et puis, les chaussures de sa mère sous les bras, elle s'ébranla, maladroitement d'abord, comme les enfants qui apprennent à marcher puis, à mesure qu'elle franchissait les échelons, de façon plus assurée et plus rapide. De là où il se trouvait, au pied de l'échelle, au fond de la barge, il la voyait qui montait très haut, plus haut que le bateau, vers le ciel.

Cayenne 1949 - Cayenne 1994

DU MÊME AUTEUR

Aux Éditions Gallimard

OUREGANO, *roman* («Folio», *n° 1623*). Prix Valery-Larbaud 1980.

PROPRIÉTÉ PRIVÉE, *roman* («Folio», *n° 2115*).

BALTA, *roman* («Folio», *n° 1783*).

UN MONDE À L'USAGE DES DEMOISELLES, *essai*. Prix de l'Essai de l'Académie française 1987 («Folio», *n° 3807*).

WHITE SPIRIT, *roman* («Folio», *n° 2364*). Prix François-Mauriac 1989 — prix Lutèce 1990 — prix du Sud-Jean Baumel 1990 et Grand Prix du Roman de l'Académie française 1990.

LE GRAND GHÂPAL, *roman* («Folio», *n° 2520*).

LA FILLE DU GOBERNATOR, *roman* («Folio», *n° 2864*).

CONFIDENCE POUR CONFIDENCE, Prix Goncourt 1998 («Folio», *n° 3349*).

SUCRE ET SECRET, *roman* («Folio», *n° 4090*).

COLLECTION FOLIO